Liebe trotz Hindernissen

Rainer Güllich

Impressum

Jahr: 2024

Lektorat/ Korrektorat: Fanz Groß
Covergestaltung: Hermann Schladt

Verlagsportal: www.novobooks.de
Gedruckt in Deutschland

Die Deutsche Nationalbibliothek verzeichnet diese Publikation in der Deutschen Nationalbibliografie.

1.

Helen Bensberg saß an einem Tisch im Cafe Breitscheid und schaute aus dem Fenster. Verkehr flutete draußen vorbei. Das Cafe Breitscheid lag an der Hauptverkehrsstraße in Deckenbach, einem kleinen Ort in der Nähe von Frankfurt. Es war Donnerstag um die Mittagszeit. Helen verbrachte oft ihre Mittagspause im Cafe. Sie arbeitete als medizinische Fachangestellte in der Arztpraxis Gruber, die sich gegenüber auf der anderen Straßenseite befand. Die Arbeit dort gefiel ihr gut. Ihr Chef, Dr. Armin Gruber, war ein netter, freundlicher Mann, der bei seinen Patienten sehr beliebt war und in einem guten Ruf stand. Helen mochte den Kontakt zu anderen Menschen und so war es nicht verwunderlich, dass sie nach ihrer Mittleren Reife die Ausbildung zur Arzthelferin absolviert hatte. Die Arbeitsstelle bei Dr. Gruber war die erste Arbeitsstelle nach ihrer Ausbildung. Sie war schon seit drei Jahren bei Dr. Gruber tätig.

Helen war bei den Patienten der Arztpraxis als tüchtige Frau bekannt, die auch im höchsten Stress noch ein Ohr für jeden Patienten hatte.

Helen wachte aus ihren Gedanken auf und schaute auf die Uhr. Oh, kurz vor eins, da musste sie sich aber sputen! Sie hätte beinahe ihre Mittagspause überzogen. So nett Dr. Gruber war, hielt er doch auf Pünktlichkeit.

Helen winkte der Bedienung zu, einer jungen Frau in ihrem Alter, die gleich herbeikam, um nach Helens Wunsch zu fragen. Helen bat um die Rechnung, bezahlte und verließ das Cafe mit schnellen Schritten.

Als sie auf die Straße trat, sah sie, dass der Verkehr zugenommen hatte. Wenn sie, wie sie es sonst tat, über die Fußgängerampel ging, die weiter unten über die Straße führte, würde sie ihren Arbeitsplatz zu spät erreichen. Kurz entschlossen trat sie auf die Straße, um sie zu überqueren. Sie schaute kurz nach links und rechts, sah die Straße frei und betrat sie mit großen Schritten. Als sie die gegenüberliegende Straßenseite fast erreicht hatte, hörte sie Bremsen quietschen, sah einen dunklen Schatten auf sich zukommen, spürte einen dumpfen Schlag an ihrer rechten Seite und fühlte, wie sie auf den Asphalt schlug. Sie empfand einen stechenden Schmerz in ihrem rechten Knie, lag eine Weile benommen und reglos da, bis sie eine männliche Stimme sagen hörte: „Ruf jemand den Rettungsdienst an."

Benommen spürte sie, wie eine Decke über sie gelegt wurde. Ein älterer Mann, der sich über sie beugte, sagte: „Ganz ruhig. Es ist nicht viel passiert. Ihr Bein scheint etwas abbekommen zu haben. Das ist aber alles. Der Krankenwagen wird gleich hier sein."

„Ja", sagte Helen. „Es geht schon." Sie wollte aufstehen, doch empfand sie wieder diesen stechenden Schmerz und fiel mit einem Aufschrei zurück.

„Nur langsam mit den jungen Pferden", ließ sich eine andere Stimme vernehmen und ein Mann, an der roten Jacke als Notarzt erkennbar, beugte sich behutsam über sie.

„Lassen Sie mich mal schauen." Er untersuchte kurz ihr Knie, winkte zwei wartenden Sanitätern zu, die mit einer Tragbahre kamen und Helen darauf hoben.

„Ihr Knie ist verletzt", sagte der Notarzt. „Es ist nicht wirklich schlimm. Wir müssen Sie aber hier ins Krankenhaus bringen. Machen Sie sich bitte keine Sorgen."

„Sie waren aber schnell hier", sagte Helen, benommen, erstaunt zu dem Notarzt. „Na ja", sagte der lächelnd. „Mein Team und ich standen vorne an der Ecke und haben gerade eine Pause eingelegt. Wir haben den Unfall sogar gesehen."

Ein junger Mann trat auf die Tragbahre zu. Er war bleich und wirkte erschreckt.

„Es tut mir leid", sagte er. „Ich habe Sie gar nicht kommen sehen. Plötzlich waren Sie vor meiner Kühlerhaube ..."

Der Notarzt unterbrach ihn. „Treten sie bitte zurück. Sie können die junge Frau im Krankenhaus aufsuchen. Wir bringen Sie ins Diakoniekrankenhaus. Kommen sie einfach dort vorbei und fragen Sie nach …?“ Fragend sah er Helen an. „Helen Bensberg“, sagte sie.

„Sie habens gehört. Wie sie sehen können, ist glücklicherweise nichts Schwerwiegendes passiert“, sagte der Notarzt und drängte den jungen Mann zur Seite. Der junge Mann schaute Helen mit seinen hellblauen Augen an und rief ihr zu: „Mein Name ist Alexander zu Thalburg. Ich werde Sie besuchen“. Er verschwand aus Helens Blickfeld. Die Sanitäter schoben Helen mit der Tragbahre in den Krankenwagen, schlossen die Tür und der Wagen fuhr los.

Die Fahrt dauerte nicht lange. Das ansässige Diakoniekrankenhaus lag etwas außerhalb der Stadt auf einer kleinen Anhöhe. Helen war dort einmal als Patientin aufgenommen worden. Sie hatte sich einer Schilddrüsenoperation unterziehen müssen. Sie hatte sich damals sehr gut betreut und aufgehoben gefühlt. Die Ärzte dort hatten auf sie einen sehr kompetenten Eindruck gemacht, das Pflegepersonal war freundlich und nett gewesen. Sie war froh, dass man sie in das Krankenhaus in Deckenbach brachte und nicht in eines der Krankenhäuser in Frankfurt.

Helen kam in die Notaufnahme, der nette Notarzt verabschiedete sich von ihr und übergab sie dem Pflegepersonal. Die Eingangsuntersuchungen gingen schnell vonstatten, der aufnehmende Arzt untersuchte ihr Knie, eine Röntgenuntersuchung schloss sich an, danach bekam sie ein Bett auf der chirurgischen Abteilung zugewiesen.

Ein Pfleger brachte Helen in einem Rollstuhl in ihr Zimmer, zeigte ihr ihren Schrank und ihr Bett. Ein zweites Bett, mit zurückgeschlagener Decke, stand links neben ihrem. Auf der Bettdecke lagen einige aufgeschlagene Zeitungen. Sie hatte also eine Zimmernachbarin. Hoffentlich in ihrem Alter.

Sie musste aber möglichst schnell ihre Mutter anrufen, damit diese wusste, was geschehen war. Außerdem brauchte sie Schlafanzug, Hausschuhe und Toilettenartikel. Was sie jetzt trug, war ihre Straßenkleidung. Sie sprach den Pfleger diesbezüglich an. Der wollte sich um ein Telefon und Telefonkarte für Helen kümmern.

Gleich, nachdem der Pfleger gegangen war, erschien der Arzt, der Helen in der Aufnahme untersucht hatte. Er stellte sich nochmals als Dr. Marker vor. Er erklärte Helen, dass sie einen Sehnenanriss am Knie habe. Wahrscheinlich sei ihr Knie bei dem Unfall verdreht worden. Das sei im Grunde eine harmlose Verletzung, am nächsten Morgen würde man ihr einen Gipsverband um das Knie legen, das Gelenk sei somit ruhiggestellt und die Sehne könne verheilen. Sie könne mit einem Krankenhausaufenthalt von ungefähr einer Woche rechnen, dann würde man den Gips entfernen, sie bekäme dann eine elastische Manschette, die sie dann noch ungefähr vier Wochen tragen müsse und die Sache sei erledigt.

Helen war froh, als sie das hörte, sie bedankte sich für die ausführliche Aufklärung bei Dr. Marker, der sie allein ließ.

Kurz darauf erschien der Krankenpfleger wieder, brachte das versprochene Telefon und Helen sprach danach mit ihrer Mutter, die ihr versprach, noch am selben Abend die benötigten Sachen zu bringen. Ihre Mutter war sehr erleichtert, dass der Unfall so glimpflich abgelaufen war.

Nachdem das geklärt war, schaute sich Helen erst mal in ihrer neuen Umgebung um. Tja, ziemlich karg war die Einrichtung schon. Links von ihr stand das andere Krankenbett, gleichfalls links neben ihrem Bett stand der obligatorische Nachttisch. Zwei große Fenster boten Ausblick auf weitere Krankengebäude. Zwischen den Fenstern stand ein kleiner rechteckiger Tisch mit drei Stühlen. Rechts von ihr zwei Wandschränke und ihr direkt gegenüber eine Tür die wohl zur Toilette und Dusche beziehungsweise Bad führten. Der einzige Schmuck, den Helen entdecken konnte, war ein Bild der betenden Hände von Albrecht Dürer, das neben der Badtür hing. Passte irgendwie in ein Krankenhaus der Diakonie.

Die Zimmertür öffnete sich und eine junge Frau an zwei Krücken kam herein, humpelte an Helens Bett, stützte sich auf eine der Krücken auf und gab Helen freudestrahlend die Hand.

„Hallo, ich bin Marlies. Metzger mit Nachnamen. Sag Marlies zu mir. Wir können doch du sagen? Ich bin froh endlich eine Bettnachbarin zu bekommen. Ich bin seit drei Tagen hier und war die ganze Zeit allein. Dabei dachte ich in den Krankenhäusern würden die Betten nicht kalt. So kann man sich täuschen. Ich bin vor drei Tagen operiert worden. Ein Kreuzbandabriss. Die typische Sportverletzung. Dabei treibe ich keinen Sport. Bin nur in meinen neuen Pumps gestolpert und habe mir das Knie dabei verdreht. Ziemlich peinlich."

„Ähnlich wie bei mir", meinte Helen. „Ich bin von einem Wagen angefahren worden und habe mir, wie der Arzt sagte, das Knie verdreht. Ich habe glücklicherweise nur einen Sehnenanriss. Das soll nicht so schlimm sein. Ich kann in einer Woche entlassen werden. Ich heiße übrigens Helen. Helen Bensberg."

„Du Glückliche! Nur eine Woche. Bei mir wird's etwas länger dauern. Ich bekomme regelmäßig Krankengymnastik. Na, ich hoffe ich brauche meine Krücken nicht mehr lange. Obwohl die Bezeichnung Krücken hier nicht gern gehört wird. Das heißt hier Gehhilfen." Marlies lachte.

Helen freute sich, Marlies als Bettnachbarin zu haben. Sie gefiel ihr.

2.

Kurze Zeit vor diesen Ereignissen saß Alexander Prinz zu Thalburg am Lenkrad seines Sportwagens und fuhr die Hauptverkehrsstraße in Deckenbach entlang. Er war auf dem Weg nach Schloss Thalburg wo er zusammen mit seinem Vater, Robert Fürst zu Thalburg und seiner Mutter Liane Fürstin zu Thalburg, lebte. Er kam gerade von Darmstadt, dass ungefähr vierzig Kilometer von Deckenbach entfernt war. Er studierte dort Maschinenbau an der Fachhochschule. Er würde einmal die Fabrik seines Vaters, die in Frankfurt ihren Sitz hatte und in der Präzisionswerkzeuge hergestellt wurden, übernehmen.

Die Thalburgs waren schon lange in Deckenbach ansässig. Ihre Ahnenreihe ließ sich bis ins Jahr 1280 zurückverfolgen. Alexander war stolz, dass er auf eine lange Adelsliste zurückblicken konnte.

Einige seiner Kommilitonen neckten ihn oft wegen seiner adligen Abstammung. Richtig ernst nahm er dieses Verhalten jedoch nicht. Spürte er die Zuneigung, die dieser Neckerei entsprang. Alexander hielt die Hände locker auf dem Lenkrad und hing seinen Gedanken nach. Er hatte die Nachmittagsvorlesung ausfallen lassen und hatte vor noch etwas Tennis im hiesigen Tennisclub zu spielen. Zeitweise nahm er es mit dem Studium nicht so genau, da ihm der Studiengang nicht schwer fiel. Auch im Gymnasium war ihm das Lernen leicht gefallen. Er nahm das Studium jedoch keinesfalls auf die leichte Schulter, ihm war klar, wie wichtig ein vernünftiger Studienabschluss war. Die Entscheidung, dass er nach seinem Vater die Firma der Familie übernehmen würde, war bei ihm auf fruchtbaren Boden gefallen. Diesen Entschluss hatte allein sein Vater getroffen. Das entsprach der Familientradition, hinter der Alexander voll und ganz stand. Er hätte sich nie vorstellen können sich gegen Entscheidungen, die seine Eltern trafen, aufzulehnen. Die Entschlüsse seiner Eltern unterlagen keiner Kritik.

Der Prinz folgte mit seinem Wagen der Straße, bog nach rechts in eine Kurve ein, als plötzlich eine Gestalt auf die Straße stürzte ... der Prinz bremste, er hörte einen dumpfen Schlag und die Gestalt fiel auf die Straße. Alexander zu Thalburg stieg hastig aus seinem haltenden Wagen und sah eine junge Frau auf der Straße liegen ...

Als Alexander den Namen der jungen Frau und die Klinik, in die sie gebracht werden würde, erfahren hatte, blieb er noch am Unfallort um die vom Notarzt verständigte Polizei zu erwarten. Kurz darauf erschienen zwei Polizeibeamte, die Alexanders Namen und Adresse notierten und sich dann an die Aufnahme des Unfalls machten. Alexander Prinz zu Thalburg war entlassen. Er fuhr direkt zum Diakonischen Krankenhaus um sich nach dem Zustand von Helen Bensberg zu erkundigen. Von dem Notarzt hatte er immerhin erfahren können, dass der Unfall jedenfalls keine schwerwiegenden Folgen für die junge Frau gehabt hatte.

Leider musste er vom Pförtner am Eingang des Krankenhauses erfahren, dass er ihm noch keine Auskunft erteilen könne, da Helen Bensberg gerade erst aufgenommen worden sei und ihr somit noch keine Station zugewiesen wäre. Am besten sei es, wenn er sich am nächsten Tag erkundigen würde, sei es telefonisch oder persönlich.

Alexander zu Thalburg musste also unverrichteter Dinge nach Hause fahren.

Zu Hause angekommen ging er sogleich in den Salon. Wenn seine Eltern zu Hause waren, waren sie in der Regel hier anzutreffen. Sie waren dort und nahmen der Uhrzeit entsprechend einen Tee zu sich. Alexanders Mutter stand in der Kaminecke, an den Kamin gelehnt. Ihr Blick ruhte auf der gegenüberliegenden Sitzecke mit den weißen Stühlen und Sesseln, die mit schwarzen Leder bezogen waren. Der Mittelpunkt des Ganzen war das Sofa mit der geschwungenen Rückenlehne. Die Fürstin trug ein elegantes, blaues Hauskleid, das gut zu ihrem dunkelblonden Haar passte und ihre schlanke Figur sehr gut zur Geltung brachte.

Robert Fürst zu Thalburg trat auf seinen Sohn zu. Er war hochgewachsen, hatte eine normale Figur, graublaue Augen und sich langsam lichtendes, hellgraues Haar. Er war zweiundfünfzig Jahre alt, also in den besten Jahren wie er selbst immer betonte. Er war der Direktor der Thalburg – Fabrik.

Er hatte den Direktionsposten von seinem Vater übernommen, wie es Tradition im Hause Thalburg war.

Josef, der älteste Diener, der auf Schloss Thalburg seinen Dienst versah, brachte sogleich eine Teetasse und Gebäck für den Prinzen. Dann verschwand er geräuschlos im Nebenraum.

„Mir ist etwas Aufregendes passiert", berichtete Alexander von Thalburg sofort seinen Eltern. „Ich hatte heute in Deckenbach einen Unfall mit dem Wagen. Eine junge Frau ist mir direkt in das Auto gelaufen. Glücklicherweise ist ihr nicht viel passiert. Ich bin sofort zum Krankenhaus gefahren, doch waren die Untersuchungen noch nicht erledigt und man konnte mir keine Auskunft geben. Ich soll Morgen vorbeikommen, dann wird man mir mehr sagen können. Das war ein schöner Schreck kann ich Euch sagen."

Die Fürstin nahm ihren Sohn bei der Hand und musterte ihn erschreckt von oben bis unten. „Dir ist hoffentlich nichts passiert? Ist mit dir alles in Ordnung?"

„Ja, nur keine Angst. Mir ist nichts zugestoßen", erwiderte der Prinz.

„Und der Wagen? Hat der Wagen denn viel abbekommen?", wollte der Fürst wissen.

„Oh, Vater. Das kann ich dir nicht genau sagen. In der Aufregung habe ich nicht darauf geachtet, was mit dem Wagen ist. Ich konnte jedenfalls noch mit ihm fahren. Er wird wohl eine Beule, Delle oder so was in der Richtung haben. Ich werde ihn mir gleich einmal anschauen. Er wird sicherlich in die Werkstatt müssen.

„Hauptsache dir ist nichts passiert", betonte die Fürstin noch einmal. „Der Wagen ist nebensächlich. Wenn er in die Werkstatt muss, nimmst du einfach einen der anderen Wagen. Wofür haben wir sie denn?"

Nachdem alle ihren Tee getrunken hatten, gingen der Fürst und sein Sohn nach draußen um den Wagen zu begutachten. Er hatte vorne am Kotflügel eine Delle, die nicht der

Rede wert war. Der Prinz würde am nächsten Tag die Werkstatt anrufen um einen Reparaturtermin auszumachen.

„Ich hoffe, dass der jungen Frau tatsächlich nicht viel passiert ist", sagte der Fürst. „Dann sind alle noch mit einem blauen Auge davongekommen."

„Das hoffe ich sehr", sagte der Prinz. „Jedenfalls hat der Notarzt sich dementsprechend geäußert. Ich könnte mir es nie verzeihen, wenn durch mich jemand zu Schaden gekommen wäre."

Der Prinz begab sich in seine Räume um noch einige Unterlagen für das Studium durchzuarbeiten, doch fand er nicht die nötige Ruhe dazu. Der Unfall mit der jungen Frau ging ihm den ganzen Abend nicht mehr aus dem Kopf.

3.

Helen Bensberg kam aus dem Verbandsraum, in dem ihr Knie fachmännisch mit einem Gipsverband versehen worden war. Sie lächelte etwas unsicher, da sie mit der Gehhilfe, die man ihr gegeben hatte, nicht zurechtkam. Sie humpelte den Flur hinunter, stieg in den Aufzug und fuhr in den zweiten Stock. Dort befand sich ihre Station. Als sie ins Zimmer trat, begrüßte sie Marlies, ihre Bettnachbarin, freudig: „Guten Morgen. Na, hat man dich schon verarztet. Als ich wach wurde und du nicht da warst, dachte ich mir, dass man dich geholt hat. Im Behandeln sind die hier fix. Dein Frühstück steht auf deinem Nachttisch. Ich denke der Kaffee wird kalt sein."

„Ja", entgegnete Helen. „Man hat mich in aller Herrgottsfrühe aus den Federn geholt. Du hast noch fest geschlafen. Wie du siehst, hat man mir auch eine Gehhilfe verpasst. Wir könnten einen kleinen Club gründen."

Sie lachte bei diesen Worten, setzte sich auf ihr Bett und nahm ihr Frühstück zu sich. Der Kaffee war tatsächlich kalt. Machte nichts. Sie würde sich nachher in der kleinen Cafeteria, die eine Etage tiefer lag, einen heißen Kaffee gönnen. Jetzt würde sie sich aber hinlegen. Man hatte ihr gesagt sie solle ihr Knie anfangs nicht belasten. Vorher rief sie aber in der Praxis von Dr. Gruber an, um mit ihm persönlich zu sprechen. Sie hatte ihre Mutter während des gestrigen Telefongesprächs gebeten, dort anzurufen und Bescheid über ihren Unfall zu geben. Ihr Chef war sehr besorgt um sie gewesen, war aber beruhigt, da sie ihm berichten konnte, dass ihr Unfall keine schlimmen Folgen gehabt hatte.

Eine ältere Krankenschwester erschien. Es war Schwester Gerda. Sie hatte sich Helen heute Morgen schon vorgestellt. Sie war klein und zierlich und hatte eine dünne Stimme.

„Frau Bensberg", sagte sie. „Eben ist ein Anruf bei uns auf dem Stationsapparat für sie angekommen. Ich war selbst am Telefon. Da ich wusste, dass sie im Verbandsraum sind, habe ich das Gespräch angenommen. Ein gewisser Alexander Prinz zu Thalburg hat Sie sprechen wollen. Stellen Sie sich vor. So hat er sich tatsächlich vorgestellt. Alexander Prinz zu Thalburg. Sie haben aber noble Freunde."

„Ich kenne keinen Alexander Prinz zu Thalburg", entgegnete Helen. „Aber halt! Das wird der Autofahrer sein, der mich angefahren hat. Er hat mir seinen Namen zugerufen, doch habe ich ihn nicht richtig verstanden."

„Ja, richtig. Das sagte der Anrufer. Er ist der Autofahrer, der den Unfall verursacht hat. Er will Sie heute Nachmittag besuchen kommen und hat gefragt, wann er denn am Besten kommen könnte. Ich habe ihm gesagt er könne Sie um halb vier besuchen, um drei Uhr gibt es Kaffee. Danach haben sie ausreichend Zeit mit dem Prinzen zu plaudern. Ich hoffe sie haben nichts dagegen, dass ich dem Prinzen diese Auskunft gegeben und so entschieden habe?"

„Ist in Ordnung, Schwester Gerda. Ich habe hier im Krankenhaus Zeit genug, da kann ich ruhig den einen oder anderen Prinzen empfangen." Sie lachte. Schwester Gerda fiel in ihr Lachen ein und verschwand aus dem Zimmer um sich anderen Aufgaben zu widmen.

„Junge, Junge", sagte Helen und wandte sich Marlies zu. „Es geschehen noch Zeichen und Wunder. Ein echter Prinz will mich besuchen. Mit Herren solchen Schlages habe ich noch nie zu tun gehabt. Das wird jetzt auch mal Zeit."

Nachdem Helen nachmittags ihren Kaffee und ihr Kuchenstückchen gegessen hatte, setzte sie sich in die Sitzecke, die rechts vom Stationseingang stand. Sie wollte hier auf den Prinzen warten. Sie würde ihn mit Sicherheit erkennen.

Sie brauchte nicht lange zu warten und ein junger Mann trat durch die Eingangstür zur Station. Er sah sich suchend um. Der Mann war groß, hatte eine athletische Figur, dunkelblondes, kurz geschnittenes Haar und hellblaue Augen. Er hatte ein hellbraunes Jackett an und trug hellblaue Jeans dazu. Insgesamt machte er einen sympathischen Eindruck. Helen erfasste das alles mit einem Blick, ihr Herz schlug höher, sie fühlte eine leichte, angenehme Anspannung in ihrer Brust.

Der junge Mann schaute direkt in Helens Augen und sprach sie an. „Hallo, ich weiß nicht, vielleicht können sie mir helfen? Mein Name ist Alexander zu Thalburg. Ich suche eine Patientin. Helen Bensberg. Wenn mich nicht alles täuscht, sind Sie das. Ich habe Sie kurz an der Unfallstelle gesehen."

„Ja, stimmt", entgegnete Helen. Sie lehnte sich etwas in ihrem Stuhl zurück, um ihn besser betrachten zu können. „Ich bin Helen Bensberg. Ich kann mich an Sie erinnern. Ich habe Sie für den Bruchteil einer Sekunde sehen können."

Alexander zu Thalburg nahm Helens Hand in die seine und gab ihr einen kraftvollen Händedruck. Er schaute der jungen Frau in die Augen. Was er sah, ließ ihn eine angenehme Erregung spüren. Helen Bensberg war mittelgroß, schlank, hatte lange blonde Haare und eine sehr weibliche Figur.

„Ich dachte wir könnten hier miteinander sprechen. Hier ist man ungestört", sagte Helen zu Alexander zu Thalburg.

Der nahm Helen gegenüber Platz. „Frau Bensberg. Mit ihrem Unfall, dass tut mir sehr leid. Ich wünschte ich hätte ihn verhindern können, Sie sind aber so plötzlich vor meinem Wagen aufgetaucht, dass ich nicht mehr schnell genug bremsen konnte."

„Ich bin an dem Unfall auch nicht gerade unschuldig", entgegnete Helen. „Ich bin zu unbedacht auf die Straße getreten. Ich hatte es eilig. Ich hatte Angst, ich würde zu spät an meiner Arbeitsstelle ankommen. Glücklicherweise ist nicht viel passiert. Ich habe einen Sehnenanriss am Knie. Die Verletzung wird bald wieder ausgeheilt sein."

Alexander zu Thalburg neigte sich Helen entgegen. „Da bin ich aber heilfroh. Ich hätte mir mein Leben lang Vorwürfe gemacht, wenn der Unfall schlimmer ausgegangen wäre. Immerhin hat dieser Unfall aber sein Gutes, wie ich sagen muss. So habe ich Sie jedenfalls kennengelernt. Darüber bin ich sehr erfreut. Das sollen Sie auf jeden Fall wissen."

„Mir geht es ähnlich", sagte Helen. „Auch ich freue mich sehr, dass wir uns kennengelernt haben. Ich kann Ihnen gar nicht sagen wie." Helen war selbst erstaunt über ihre Worte. War sie doch eine sehr zurückhaltende junge Frau, aber irgendetwas war in ihrem Herzen angeklungen, als sie Alexander zu Thalburg gesehen hatte. Sie hatte das Gefühl, als müsse sie ihm das deutlich machen.

„Mir geht es genauso. Ich weiß nicht was ich sagen soll. Seitdem ich hier neben Ihnen sitze, habe ich das Gefühl, es ist alles heller um mich herum geworden."

Beide schwiegen. Ihre Herzen schlugen in einem Takt. Das hatte keiner von ihnen je erlebt. Und es war beiden klar, was passiert war. Sie hatten sich ineinander verliebt. Liebe auf den ersten Blick. Es gab sie also.

Alexander fand als Erster die Worte wieder. „Helen ... ich darf Sie doch so nennen ... also ... ich muss es einfach sagen. Ich glaube ich habe mich gerade in Sie verliebt. Ich weiß, es klingt verrückt, und wenn Sie mich jetzt von mir stoßen, so muss ich damit leben ... ich muss Ihnen dieses Geständnis einfach machen. Ich kann einfach nicht anders."

Helen lief ein wohliger Schauer über den Rücken. Sie fühlte sich seltsam leicht. Ihr Herz flatterte wie ein kleiner Vogel in ihrer Brust.

„Alexander ... keine Angst ... ich liebe dich auch! Es ist wie ein Wunder. Ich weiß nicht, wie mir geschieht. Das was du sagst, ist nicht verrückt. Ich erlebe es genau so wie du."

Sie standen beide auf und nahmen sich in die Arme. Ihre Herzen schlugen höher. Ihre Lippen suchten zärtlich die des Anderen. Als sich ihre Lippen berührten, fühlten sich beide leicht und entrückt. Es war ein wunderbares Gefühl ...

4.

Alexander war gegangen. Er würde Helen am nächsten Tag wieder besuchen. Helen blieb noch einige Zeit in der Sitzecke sitzen und versuchte zur Ruhe zu kommen. Sie war verliebt! Vergessen war der Unfall, ihre Verletzung. Sie konnte nur noch an Alexander denken. Doch langsam kam sie zur Ruhe. Sie konnte nicht sagen, wie viel Zeit vergangen war. Ihr Herz war übervoll! Sie musste es Marlies erzählen. Sie ging zurück auf ihr Zimmer.

Marlies merkte sofort, dass eine Veränderung mit Helen vorgegangen war. Sie fragte gleich unumwunden: „Was ist denn los Helen? Du bist ganz verändert. Was ist denn passiert?"

„Was passiert ist? Du wirst es nicht glauben. Mein Herr „von" ist da gewesen und ich habe mich Hals über Kopf in ihn verliebt. So etwas Wundervolles ist mir noch nie passiert. Aber nicht nur das. Ihm geht es genau so. Auch Alexander hat sich in mich verliebt. Wo hat man so etwas je gehört. Das gibt es doch nur in Liebesromanen. Aber es ist so. Das kann nur

Bestimmung sein. Kein Zufall, keine Einbildung. Ich bin verliebt!“

Wenn ihr verletztes Knie es zugelassen hätte, hätte sie angefangen zu tanzen.

„Nun mal sachte“, sagte Marlies. „Das gibt es nicht. Du gehst als normale junge Frau hier aus dem Zimmer und kommst eine Stunde später als verliebtes Mädchen wieder zurück. Wenn das nicht verrückt ist, dann weiß ich es nicht! Komm, setz dich zu mir und erzähle mir die Geschichte in aller Ruhe.“

Helen setzte sich auf das Bett von Marlies und erzählte ihr ihre Begegnung mit Alexander.

Marlies hörte ihr gelassen zu, dadurch kam Helen immer mehr zur Ruhe und es gelang ihr später tatsächlich, in einen geruhsamen Schlaf zu kommen. Helen wäre die Letzte gewesen, die das erwartet hätte. Hatten doch die letzten zwei Tage so viel Aufregung in ihr junges Leben gebracht.

Am nächsten Morgen wachte Helen ausgeruht auf, ihr erster Gedanke galt Alexander und dass er sie heute besuchen würde. Alexander war den Vormittag in Darmstadt um an einer Vorlesung teilzunehmen, aber am Nachmittag würde er sich freimachen, um sie zu besuchen. Damit die Zeit bis dahin nicht zu lang werden würde, ging Helen in die klinikeigene Bibliothek und sah sich nach etwas zu lesen um. Sie hatte immer gerne gelesen, am liebsten gut recherchierte historische Romane, weil sie da immer das Gefühl hatte, etwas zu lernen. Geschichte war eines ihrer Lieblingsfächer in der Schule gewesen. In der kleinen Klinikbibliothek fand sie aber nichts Entsprechendes. Etwas enttäuscht machte sie sich wieder auf den Weg in ihr Krankenzimmer. Sie kam gerade zur rechten Zeit, weil das Mittagessen ausgeteilt wurde. Es war also mehr Zeit ins Land gegangen, als sie vermutet hatte. Sie war aber zu aufgeregt um Appetit zu haben und aß von ihrem Essen nur wenig.

„Da wird dein Prinz ... er ist doch ein Prinz ... nicht sehr begeistert sein, wenn du hier vom Fleisch fällst“, ließ sich die Stimme von Marlies vernehmen, die Helen bei ihrem Essversuch beobachtet hatte. „Oder steht er etwa auf magersüchtige Models?“

„Was du nur wieder hast“, erwiderte Helen. Sie schaute entrüstet auf. „Ich bin wegen Alexanders Besuch aufgeregt. Mein Appetit wird sich wieder einstellen.“

„Schon gut, es sei dir verziehen. Versprich mir aber, dass du nachher beim Kaffee deinen Kuchen isst ... dann bist du wieder meine beste Freundin.“ Marlies lachte, stand auf und nahm Helen in den Arm. Helen stimmte in ihr Lachen ein. Sie wusste, dass Marlies es nur gut mit ihr meinte.

Alexander hatte sich für die Zeit nach dem Kaffee angekündigt. Als Helen und Marlies ihr Kaffeetrinken beendet hatten, meinte Marlies: „Ich verschwinde dann mal. Ich werde mich unten im Foyer etwas verlustieren. Wer weiß, vielleicht läuft mir auch ein Graf oder etwas Ähnliches über den Weg. Keine Widerrede. Ich lasse euch beide mal alleine. Hier im Zimmer ist man ungestörter als auf dem Stationsflur und die Besucherzimmer sind meist proppenvoll. Dort kann man sich nicht in Ruhe unterhalten.“

„Ich danke dir“, sagte Helen. „Ich will mich nicht zieren. Ich finde es toll, dass du Verständnis für meine Situation hast.“

„Aber ja. Ich will das junge Glück nicht von vornherein vor Probleme stellen.“ Lachend verschwand Marlies aus der Tür.

Helen war froh, dass sie eine so nette Bettnachbarin hatte. Es wäre schön sie könnten Freundinnen werden.

Helen ging ins Bad und machte sich noch etwas zurecht. Ihre Mutter hatte ihr für den Klinikaufenthalt nicht gerade ihre beste Garderobe eingepackt, aber in ihrer hellblauen Jeans und ihrem roten Top sah sie sehr adrett aus. Kaum war sie aus dem Bad ins Zimmer zurückgekehrt klopfte es an der Tür und Alexander trat ein. In einer Hand hatte er einen großen Strauß mit roten Rosen und unter dem Arm ein Päckchen, das mit einer roten Schleife versehen war.

Er ging zu dem kleinen Tisch an den Fenstern und legte den Strauß Rosen und das Päckchen ab, kam auf Helen zu und nahm sie in den Arm. Zärtlich umarmten sich beide. Ihre Lippen fanden sich. Nachdem sie sich voneinander gelöst hatten, erkundigte sich Alexander nach einer Vase für die Blumen. Er drückte sie Helen in die Hand, verschwand aus dem Zimmer und kam kurz darauf mit einer Blumenvase zurück.

Als er die Rosen in der Vase verstaut hatte überreichte Alexander Helen lächelnd das Päckchen. „Ich hoffe, das ist das Richtige für dich. Ich weiß von dir noch nicht viel und hoffe einfach mal, dass du auch eine Leseratte bist wie ich. Das Buch habe ich selbst schon gelesen. Ich fand es sehr gut und spannend."

Helen wickelte das Päckchen auf und hatte ein Buch in der Hand. Es war ein historischer Roman.

„Das ist super, Alexander", sagte Helen lachend und schlug das Buch auf. „Ich lese sehr gerne, am liebsten historische Romane. Ich habe eben in der Klinikbibliothek gestöbert, habe aber nichts gefunden, was ich gerne lesen würde. Und jetzt bringst du mir genau meine Lieblingsliteratur. Ein besseres Omen für unsere Liebe kann es nicht geben." Sie lächelte Alexander zärtlich an.

Sie blätterte kurz in dem Buch und legte es dann auf ihren Nachttisch. „Da kann ich heute Abend in Ruhe darin lesen. Ich freue mich darauf. Ich hoffe ich werde mich konzentrieren können. Letzten Abend musste ich ständig an dich denken. Nicht, dass das nicht schön gewesen wäre, aber ich kam mir vor als sei ich nicht ganz gesund."

Alexander zog einen Stuhl heran und setzte sich an den kleinen Tisch. „Aber Helen das ist normal. Meinst du denn ich hätte nicht den ganzen Abend an dich gedacht. Du bist mir keine Sekunde aus dem Sinn gegangen."

Helen setzte sich ebenfalls und stützte ihr Kinn auf ihre Hände und sah Alexander sinnend an.

„Na schön", sagte sie. „Dann sind wir eben zwei verliebte Menschenkinder, die ruhig von ihrer Liebe träumen dürfen."

Alexander nahm Helens Hand in die seine und küsste sie liebevoll. „Das hast du schön gesagt, mein Liebling. Doch nun zum Ernst des Lebens. Ich möchte dich meinen Eltern vorstellen. Ich möchte, dass sie dich kennenlernen. Ich möchte, dass sie wissen wie sehr sich seit gestern mein Leben verändert hat. Sie sollen an meinem Glück teilnehmen. Außerdem möchte ich deine Eltern besuchen, ihnen sozusagen meine Aufwartung machen. Was hältst du davon?" Er schaute Helen erwartungsvoll an.

„Bist du dir sicher, dass du das möchtest. Meinst du nicht, dass das verfrüht wäre? Sollen wir uns nicht erst noch näher kennenlernen?"

„Aber Helen! Wo denkst du hin. Zweifelst du etwa an unserer Liebe?"

„Sicher nicht. Ich habe aber Angst ich könnte deinen Eltern nicht genügen. Sicher erwarten sie, dass du mindestens eine Baronesse, oder wie immer das heißt, als Schwiegertochter in spe mit nach Hause bringst."

„Aber nein. Ich müsste mich sehr in meinen Eltern täuschen, wenn sie meine Wahl nicht akzeptieren würden. Heiratspläne haben sie sowieso nicht für mich geschmiedet. Übrigens liegst du mit deiner Baronesse richtig. Es gibt aber noch Prinzessinnen und Komtessen. Das kommt auf den Adelstitel der Eltern an. Wenn ich eine Schwester hätte, wäre sie eine Prinzessin, da meine Eltern Fürst und Fürstin sind. Ich selbst bin ein Prinz. Heutzutage gibt es die Adelstitel nicht mehr, sie sind heute Namensbestandteil."

„Da bin ich aber froh. Ich weiß nicht was meine Mutter sagen würde wenn ich ihr einen waschechten Prinzen vorstellen würde. Als Namensbestandteil geht das ja." Sie lachte herzlich. „Im Ernst, ich habe bei der Vorstellung mich mit deinen Eltern zu treffen einige Bedenken. Fürst und Fürstin. Hört sich furchteinflößend an. Aber wenn du sagst, sie haben nichts gegen eine Bürgerliche so freut mich das um so mehr."

„Wie du redest", sagte Alexander. „Eine Bürgerliche. Nein, nein, glaube mir. Du brauchst dich vor meinen Eltern nicht zu fürchten. Wie sieht es denn mit deinen Eltern aus? Sie werden doch nichts gegen mich haben?"

„Nein. Sicher nicht. Meine Mutter ist eine patente Frau, die mit beiden Beinen fest im Leben steht. Sie wird keine Bedenken gegen einen Prinzen haben. Es sei denn, er verwandelt sich in einen Frosch." Sie lächelte. Dann wurde ihr Blick ernster, trauriger. „Meinen Vater gibt es nicht mehr. Er ist vor fünfzehn Jahren an einer Krebserkrankung gestorben."

Alexander nahm beide Hände Helens in die seinen. „Das tut mir leid. Er war dir sicher ein guter Vater."

„Ja, das war er. Meine Mutter und ich haben lange gebraucht um uns daran zu gewöhnen, dass er nicht mehr da ist. Doch fort mit dem trüben Gedanken. Wenn es beschlossene Sache ist, dass mich deine Eltern kennen lernen sollen, dann machen wir den Anstandsbesuch erst bei deinen Eltern und später bei meiner Mutter. Einverstanden?"

„Einverstanden". Alexander lächelte froh. „Dann machen wir gleich Nägeln mit Köpfen. Ich werde heute Abend noch mit meinen Eltern reden. Nächste Woche steht deine Entlassung aus dem Krankenhaus an. Das Wochenende darauf lernst du meine Eltern kennen. Ich lade dich hiermit auf Schloss Thalburg ein."

5.

Alexander fuhr mit seinem Wagen durch das Eingangstor von Schloss Thalburg. Er umrundete den großen Springbrunnen mit den wunderbar gestalteten Figuren aus der griechischen Mythologie und hielt seinen Wagen vor der großen Eingangstreppe an. Gleich darauf erschien Hubert, einer der Diener, nahm den Autoschlüssel von Alexander in Empfang um den Wagen in eine der Garagen zu fahren, die sich im hinteren Gelände des Schlosses befanden.

Alexander stieg die breite Eingangstreppe empor, ging durch die Halle direkt in den Salon, in dem seine beiden Eltern gerade einen Drink zu sich nahmen. Die Fürstin begrüßte ihn.

„Ah, Alexander. Hallo. Schön das du kommst. Möchtest du vielleicht etwas trinken? Josef wird dir gerne etwas einschenken."

Auf ihr Klingeln trat der altgediente Butler herein und sah Alexander fragend an.

„Ja, ich würde einen Whisky nehmen."

Alexander nahm das halb gefüllte Glas entgegen und Josef verschwand aus dem Salon, um seine Herrschaften ungestört zu lassen.

„Wie geht es dir? Gibt es etwas Neues im Studium?"

Robert Fürst zu Thalburg trat auf seinen Sohn zu.

„Etwas Neues an der Uni?", Alexander schaute seinen Vater an. „Nein, da läuft alles wie gehabt. Das heißt, wir müssen uns demnächst nach einem Praktikantenplatz umsehen. Ich denke aber, dass ich einen Platz in unserer Firma haben kann."

„Aber sicher." Sein Vater lächelte. „Setz dich einfach mit Herrn Meersbacher in Verbindung. Er wird dich am richtigen Platz einsetzen."

„Da wäre aber noch etwas Anderes was ich gerne mit euch besprechen würde. Wollen wir uns nicht setzen?"

Sein Vater sah Alexander erstaunt an. „Du machst es aber spannend. Wir sollen uns setzen? Hast du Angst, wir würden deine Mitteilung nicht stehend verkraften? Was sollte es so Schlimmes geben? Setzen wir uns. Du hast mich sehr neugierig gemacht."

Seine Eltern nahmen in der großzügig ausgestatteten Couchgarnitur Platz, Alexander setzte sich ihnen gegenüber. Beide Eltern sahen ihn gespannt an.

„Also", begann Alexander. „Wie ihr wisst, hatte ich vor zwei Tagen einen Unfall mit dem Wagen. Die Passantin, sie heißt Helen Bensberg, hat eine Knieverletzung davongetragen. Nichts Dramatisches. Die Verletzung wird bald wieder ausgeheilt sein. Was ich euch sagen möchte, ist, dass ich Helen schon zweimal im Krankenhaus besucht habe. Aber stellt Euch vor: Ich habe mich in sie verliebt! Sie liebt mich auch! Ich habe sie für ein Wochenende hierher eingeladen, damit ihr Euch kennenlernen könnt. Ihr werdet also eure zukünftige Schwiegertochter kennenlernen. Was sagt ihr nun?"

Erwartungsvoll schaute Alexander seine Eltern an. Die Fürstin stellte abrupt ihr Glas auf den Tisch und sah ihren Mann an. Robert Fürst zu Thalburg war aufgestanden, ging ein paar Schritte auf und ab, drehte sein Glas in den Händen und sagte dann zu Alexander: „Mein Sohn. Das ist eine Überraschung mit der wir nicht gerechnet haben. Deine, wie soll ich sagen ... Freundin ... ist, wenn ich es recht verstehe, eine junge Frau aus dem Bürgertum, sie hat also keine adligen Verwandten? Ist das korrekt?"

Alexander sah seinen Vater erstaunt an. Er hatte mit einer freudigen Reaktion seiner Eltern gerechnet, aber nicht mit diesem kühlen, distanzierten Verhalten.

„Ja, sie hat keine adligen Verwandten. Sie hat eine Mutter aus dem Bürgertum, der Vater ist verstorben." Seine Stimme nahm einen trotzigen Unterton an. Der Fürst trat auf Alexander zu und legte seine rechte Hand beschwichtigend auf dessen Schulter.

„Hör zu Alexander", sagte er. „Wir haben nichts dagegen, wenn du eine kleine Freundin hast. Aber sei dir darüber klar, dass du sie nicht heiraten kannst. Als Schwiegertochter kommt nur eine Frau aus unseren Kreisen infrage. Ich dachte, das sei dir bewusst?"

„Nein“, entgegnete der junge Prinz. „Das war mir in keiner Weise bewusst. Ich dachte, was zählt, ist meine Liebe zu einer Frau. Ich dachte diese antiquierten Ansichten seien passe. Und jetzt muss ich erleben, dass mein eigener Vater genau solche altmodischen Ansichten vertritt. Was sagst du denn dazu, Mutter?“

Die Fürstin blickte ihren Sohn an und sagte: „Ich glaube ich muss dich enttäuschen, Alexander. Ich kann mich dem, was dein Vater gesagt hat, nur anschließen. Eine bürgerliche Frau, sei sie noch so ehrenhaft, kommt für uns als Schwiegertochter nicht in Betracht.“

Alexander wusste nicht, was er sagen sollte. Entsetzt schaute er seine Eltern an. Hatte er sich denn tatsächlich so in ihnen getäuscht? Er konnte kaum glauben, was er da gerade gehört hatte.

„Ich weiß nicht was ich sagen soll. Ich verstehe euch nicht. Gebt Helen eine Chance! Vielleicht mögt ihr sie sogar.“ Alexander war verzweifelt.

„Damit wir uns verstehen“, ließ sich der Fürst vernehmen. „Ich möchte diese Frau nicht in unserem Schloss sehen. Du wirst sie wieder ausladen. Noch ist das mein Besitz und ich bestimme wer hier ein- und ausgeht.“ Seine Stimme klang kühl.

„Was du außerhalb dieser Mauern tust, ist deine Sache, Alexander. Du kannst deine Freundin ausführen, wohin du willst, du kannst sogar mit ihr übernachten, wo du willst, aber hier im Schloss möchte ich diese Person nicht sehen. Ich hoffe ich habe mich klar und deutlich ausgedrückt.“

„Das hast du. Klarer und deutlicher konntest du es nicht sagen. Aber ich verstehe dich nicht.“

„Vielleicht wirst du mich später, wenn du älter und reifer geworden bist, verstehen. Wir sind einer Tradition verpflichtet. Das wirst du noch lernen müssen.“ Der Fürst wandte sich ab.

Alexander war klar, dass er nichts mehr ausrichten konnte. Mit den Worten: „Ich gehe auf mein Zimmer", zog er sich wütend und enttäuscht zurück.

Er begab sich direkt in sein Wohnzimmer im dritten Stock des Westflügels. Er bewohnte hier vier Zimmer, die mit modernen Designermöbeln ausgestattet waren. Er hatte sich in seinen Lieblingssessel, einen alten ledernen Ohrensessel, gesetzt und versuchte seine Gedanken zu ordnen.

Was war nur in seine Eltern gefahren? So kannte er sie nicht. Sicher, er wusste, dass beide viel auf Tradition hielten, doch dass ihn das jemals selbst treffen würde, daran hatte er nie gedacht. Was sollte er tun? Es hatte mit seinen Eltern nie Probleme gegeben. Er hatte bisher alles tun können, was er nur wollte. Aber er hatte seine Eltern nie mit seinem Verhalten vor den Kopf gestoßen. Er hatte sich immer angepasst verhalten, da er seine Eltern nicht enttäuschen wollte. Er wollte ihre Anerkennung und hatte sie immer erhalten. Das war das erste Mal, das er und seine Eltern unterschiedlicher Meinung waren.

Na ja, es blieb ihm nichts anderes übrig als Helen die Entscheidung seiner Eltern mitzuteilen. Er konnte nur auf ihr Verständnis hoffen. Vielleicht würden seine Eltern mit der Zeit ihre Einstellung gegenüber Helen ändern.

Am nächsten Tag gingen Alexander und Helen im Park der Klinik spazieren. Die Sonne lachte vom Himmel, es war schön die Sonnenstrahlen genießen zu können. Alexander hatte sich vorgenommen mit Helen über das Gespräch mit seinen Eltern zu reden. Als er jedoch erlebte, wie gut gelaunt seine Freundin war, brachte er es nicht übers Herz. Er wollte ihre gute Stimmung nicht verderben. Es würde immer noch Zeit sein ihr davon zu berichten. Außerdem hatte er Bedenken wie Helen über die Nachricht, dass seine Eltern sie ablehnten, reagieren würde. Mit Sicherheit wäre sie verletzt und wütend. Er nahm sich vor, die Wahrheit erst einmal zu verschleiern. Man konnte die Einladung auf Schloss Thalburg auf eine spätere Zeit verschieben. Er hoffte, dass er seine Eltern noch umstimmen konnte. Dann bräuchte Helen von der Ablehnung seiner Eltern nichts erfahren.

Doch Helen brachte leider gerade dieses Thema zur Sprache. „Was haben denn deine Eltern dazu gesagt, dass du mich kennengelernt hast? Klappt es nächste Woche mit meinem Besuch bei euch?"

Alexander schaute betreten drein. Unsicher äußerte er: „Mit dem Wochenendbesuch klappt es leider nicht. Ich habe noch nicht mit meinen Eltern gesprochen. Mein Vater hat so viel in der Firma zu tun, dass er am Wochenende noch zu Hause arbeiten muss. Wir müssen den Besuch also verschieben. Es tut mir leid, Helen, aber verschoben ist nicht aufgehoben." Er lächelte unsicher. Er fühlte sich nicht wohl in seiner Haut. Er kannte Helen noch nicht lange und hatte sie schon belogen. Eine Notlüge tröstete er sich. Er würde die Angelegenheit mit seinen Eltern zum Besten regeln.

„Schade", erwiderte Helen. „Obwohl ... so kann ich mich immerhin erst in Ruhe an den Gedanken gewöhnen, einem Fürstenpaar vorgestellt zu werden. Etwas Bedenken habe ich da schon."

„Unsinn", erwiderte Alexander. „Meine Eltern sind normale Zeitgenossen. Da brauchst du dir keine Gedanken zu machen." Er klang wenig überzeugend. Das merkte er sogar selbst. Er wechselte das Thema. „Sag, hast du eigentlich noch Schmerzen im Knie?"

„Nein, ich habe kaum Probleme. Der Heilungsprozess schreitet gut voran. Die Ärzte sind sehr zufrieden." Sie kamen an einem kleinen Teich mit einem lustig plätschernden Springbrunnen vorbei. Auf der davor stehenden Parkbank nahmen sie Platz und ließen sich von der Sonne bestrahlen.

Als sich Alexander verabschiedet hatte, ging Helen sogleich auf ihr Zimmer. Sie war enttäuscht, dass Alexander noch nicht mit seinen Eltern über sie gesprochen hatte. Gut, dass sein Vater so viel zu tun hatte, war das Eine, das konnte sie verstehen und akzeptieren. Das Andere war, dass Alexander sie seinen Eltern gegenüber nicht erwähnt hatte. Das verletzte sie. Sie hatte ihrer Mutter sofort erzählt, dass sie einen jungen Mann kennengelernt hatte, in den sie sich verliebt hatte. So wichtig war ihr das schon, dass die ihr am nächsten stehenden Menschen so etwas erfuhren. Aber jeder Mensch war anders gestrickt. Vielleicht hatte Alexander kein so gutes Verhältnis zu seinen Eltern, wie sie zu ihrer Mutter.

Auf dem Zimmer traf sie Marlies, die in einer ihrer Illustrierten blätterte. „Na, ist dein Besuch weg? Sag mal, wie schaust du denn? Welche Laus ist dir denn über die Leber gelaufen?"

„Wie ich schaue? Na ja, ich bin verletzt muss ich sagen. Alexander hat seinen Eltern noch nichts von mir erzählt. Der geplante Besuch auf dem Schloss seiner Eltern fällt ins Wasser. Sein Vater hat so viel in der Firma zu tun und arbeitet zurzeit auch am Wochenende zu Hause. Das kann ich akzeptieren, aber das Alexander mich bei seinen Eltern nicht erwähnt hat, verstehe ich nicht."

„Nimm dir das nicht so zu Herzen", erwiderte Marlies. „Wahrscheinlich hat dein Prinz stockkonservative Eltern. Wahrscheinlich fällt es Alexander schwer seinen Eltern den Gedanken näher zu bringen, dass ihnen demnächst eine Schwiegertochter ins Haus flattert. Mit Männern muss man Nachsicht üben. Die sind nämlich das schwache Geschlecht und nicht wir, obwohl man uns das immer gern weismachen möchte."

Damit und mit ihrem lockeren Ton gelang es Marlies, Helen etwas zu beruhigen. Helen entschloss sich Alexander Zeit zu lassen und ihn nicht unter Druck zu setzen.

6.

Eine Woche später saß Helen am Fenstertisch in ihrem Krankenzimmer und überflog ihre Entlassungspapiere. Heute war endlich ihr Entlassungstag. Sie war noch für zwei Wochen krankgeschrieben. Ihr Gipsverband war entfernt worden, sie trug eine elastische Bandage um das verletzte Knie. Aus ihrem Humpelgang war ein leichtes Hinken geworden. Sie konnte das Bein so weit strapazieren, dass sie ohne Gehhilfe gehen konnte. Der Heilungsprozess ging zügig voran. Helen wusste, dass sie das Bein nicht lange belasten durfte. Sie würde sich an die ärztlichen Anweisungen halten.

Sie wartete auf Alexander, der versprochen hatte, sie abzuholen. Er hatte sie in der vergangenen Woche noch einmal besucht, ansonsten hatten sie miteinander telefoniert. Sie war enttäuscht gewesen, dass Alexander nur ein Mal vorbeigekommen war. Sie hatte gehofft er würde jeden Tag vorbeischauen. Er hatte viel für sein Studium zu arbeiten. Das konnte sie nachvollziehen und akzeptieren. Was ihr nicht so gefallen hatte, war, dass ihr Alexander distanzierter vorkam.

Helen stand auf, ging zu Marlies Bett, in dem ihre Freundin entspannt in einer Zeitung blätterte.

„Also Marlies, dann will ich mal los. Ich gehe mal runter in die Eingangshalle. Alexander wird sicher gleich kommen. Deine Adresse und Handynummer habe ich. Ich werde dich sicher anrufen, dann können wir ein Treffen ausmachen. Ich bin froh dich kennengelernt zu haben. Auf bald."

Sie streckte Marlies ihre Hand entgegen. Diese richtete sich auf, setzte sich auf die Bettkante, ergriff Helens Hand und drückte sie fest.

„Es freut mich auch, dich kennengelernt zu haben. Und keine Angst. Wenn du mich nicht anrufen solltest, werde ich vor deiner Wohnungstür stehen und Sturm klingeln. Mich wirst du nicht mehr los." Sie lachte herzhaft.

Helen nahm die Reisetasche mit ihren Sachen, winkte Marlies noch einmal zu und ging zur Tür hinaus. Sie ging den

Flur entlang zum Aufzug und fuhr mit ihm ins Erdgeschoss. Als sich die Aufzugtür öffnete, kam ihr Alexander entgegen.

Er begrüßte sie mit einem Kuss. „Hallo, mein Liebling. Endlich geschafft. Dann lass uns gleich zu dir nach Hause fahren. Ich habe einige Sachen für dich eingekauft. Wir werden also erstmal deinen Kühlschrank füllen."

„Toll, dass du an so was gedacht hast. Da habe ich mir ja einen tollen Mann geangelt." Helen lachte herzlich.

Sie fuhren zu Helens Wohnung, die am Rand der Kleinstadt lag. Sie bewohnte hier eine Drei-Zimmer-Wohnung, die Helen sehr wohnlich eingerichtet hatte. Helen verstaute ihre Sachen, begann ihre Wäsche zu waschen und kochte für sie beide ein Mittagessen, bestehend aus Pasta und Salat. Nachmittags unternahmen sie eine Spazierfahrt mit Alexanders Sportwagen, kehrten in einem bekannten Ausflugslokal ein und kehrten gegen Abend wieder in Helens Wohnung zurück. Alexander hatte den ganzen Tag einen deprimierten Eindruck auf Helen gemacht. Sie beschloss, es anzusprechen.

Als sie sich mit Getränken versorgt hatten und im Wohnzimmer auf der Couch Platz genommen hatten, sprach sie ihn an: „Alexander, du machst den ganzen Tag einen so bedrückten Eindruck. Sag mir, was ist denn nur los. Habe ich irgendetwas getan, was das verursacht hat? Oder quält dich etwas Anderes?"

Mit verzogenem Gesicht schaute Alexander sie an: „Eigentlich ist es gut, dass du mich ansprichst. Ja, mich bedrückt etwas. Ich wollte es längst ansprechen, doch habe ich bisher den Mut dazu nicht gefunden. Ich trage es schon einige Zeit mit mir herum. Verzeih mir, dass ich es dir jetzt erst mitteile. Es geht um meine Eltern. Ich habe ihnen von unserer Liebe erzählt und dass ich dich auf unser Schloss eingeladen habe, damit sie dich kennenlernen. Ich hatte mit einer freudigen Reaktion meiner Eltern gerechnet, leider war das nicht der Fall. Beide wollen dich nicht kennenlernen. Sie haben gesagt, dass sie die Vorstellung haben, dass ich eines Tages eine Frau meines Standes heiraten werde. Eine bürgerliche Schwiegertochter kommt für sie nicht infrage. Ich soll dich wieder ausladen."

Alexander schwieg.

Helen schaute ihn fassungslos an. Zornesröte überzog langsam ihr Gesicht. Als sie sich etwas gefasst hatte, sagte sie: „Ich kann nicht glauben was ich da gerade gehört habe. Das gibt es nicht. Ich habe also mit meiner Ahnung recht gehabt. Du hast mir noch versichert, dass deine Eltern nichts gegen eine Verbindung zu einer Bürgerlichen haben würden."

„Ich war felsenfest davon überzeugt. Ich habe mich leider sehr in meinen Eltern getäuscht."

„Und? Was machst du jetzt damit? Wie gehst du mit dieser Entscheidung deiner Eltern um?" Helen richtete sich kerzengerade auf und schaute Alexander erwartungsvoll an.

Alexander druckste herum. „Na ja, ich dachte ich lasse diese Entscheidung meiner Eltern einfach so stehen und hoffe sie noch davon überzeugen zu können, dass ihre Einstellung altmodisch ist und der heutigen Zeit nicht mehr entspricht. Sie werden ihre Einstellung schon ändern."

„Mein lieber Alexander", entgegnete Helen. „Da hätte ich von dir aber etwas Anderes erwartet. Ich glaube du machst es dir da etwas einfach. Ich glaube nicht, dass man deine Eltern einfach so überzeugen kann. Sie scheinen sich auf ihren Adelsstand einiges einzubilden. Du müsstest ihnen gegenüber konsequenter auftreten. Nur so kannst du etwas verändern."

„Und wie soll das deiner Meinung nach bitte aussehen?", meint Alexander etwas pikiert.

„Das, mein Lieber, musst du selber wissen! Da kann ich dir nicht helfen. Es sind deine Eltern." Helen spürte, wie ihr Zorn wieder anstieg.

„Ich glaube, Alexander, es ist besser du gehst. Ich möchte jetzt lieber allein sein. Ich möchte dieses Thema nicht weiter diskutieren. Die Ablehnung deiner Eltern und deine Reaktion darauf haben mich viel zu sehr verletzt und machen mich wütend. Es wird keinen Sinn haben, weiter darüber zu reden. Lass uns das lieber ein anderes Mal tun. Vielleicht hast du dann schon eine Lösung für das Problem mit deinen Eltern."

Alexander erkannte, dass er momentan wenig ausrichten konnte, er akzeptierte Helens Entscheidung, stand auf, küsste Helen auf die Wange und verabschiedete sich mit den Worten: „Auf bald, mein Schatz."

Helen nahm den Kuss, ohne ihn zu erwidern, entgegen. „Auf bald", sagte sie.

Als Alexander verschwunden war, konnte sie ihren Tränen keinen Einhalt mehr gebieten und weinte still vor sich hin.

Alexander ging zu seinem Wagen, schloss ihn auf und setzte sich hinter das Steuer. Tief einatmend blieb er sitzen. Er fuhr nicht los. Er spürte seine Frustration, seine Enttäuschung. Was sollte das jetzt? Statt Verständnis für ihn und seine Situation zu zeigen, machte Helen ihm Vorwürfe. Was hatte sie denn für hohe Erwartungen? Sollte er vielleicht mit seinen Eltern brechen? Das konnte sie nicht wollen? Das wäre zu viel verlangt. Es musste noch einen anderen Weg geben. Nicht den Weg der totalen Konfrontation. Er versuchte, sich selbst zu beruhigen. Morgen, wenn ihr Zorn verraucht wäre, würde er noch mal mit Helen reden. Morgen würde sie bestimmt einsichtiger sein. Er nahm den Zündschlüssel zur Hand, startete den Wagen und fuhr los.

7.

Helen betrat das Cafe Breitscheid, schaute ob Marlies da war und hielt gleichzeitig Ausschau ob der Fensterplatz, den sie als ihren Stammplatz ansah, frei war. Sie sah, dass der Platz unbesetzt war, ging die Tischreihe, an deren Ende sich der Platz befand, entlang und setzte sich. Sie sah sich im Café um.

Es war kurz nach Mittag, es waren nur einige Tische besetzt. Das Hauptgeschäft würde erst so gegen fünfzehn Uhr beginnen. Umso besser. So konnte man sich ungestörter unterhalten. Die nette Bedienung, die sie schon das letzte Mal bedient hatte, kam auf sie zu, um ihre Bestellung aufzunehmen. Helen bestellte einen Espresso und ein Glas Mineralwasser.

Sie wartete auf Marlies, die gestern aus dem Krankenhaus entlassen worden war. Marlies hatte sie gestern Abend angerufen und die beiden Freundinnen hatten sich gleich für den heutigen Tag verabredet. Helen war gespannt was Marlies zu dem „Elternproblem“ von Alexander sagen würde. Sie hatte Marlies am Telefon nichts davon gesagt.

Die Tür des Cafes öffnete sich und Marlies kam herein. Sie trug Jeans, Sandalen und T-Shirt, wirkte sehr locker, leger. Freudig lächelnd ging sie auf Helen zu.

„Hallo, Helen. Wartest du schon lange?“

„Nein, nein. Ich bin gerade erst gekommen, ich habe mir aber schon etwas bestellt. Setz dich.“

Marlies nahm Helen gegenüber Platz, faltete die Hände auf dem Tisch ineinander und fragte: „Na, wie geht es dir? Alles in Ordnung? Irgendetwas ist. Ich sehe es dir an. Es bedrückt dich etwas. Nur heraus mit der Sprache.“

„Na ja, du hast recht. Dir kann man wohl nichts verheimlichen. Es geht um Alexander und seine Eltern. Sie wollen nicht, dass er sich mit einer Bürgerlichen abgibt. Das heißt: Abgeben darf er sich mit mir. Es darf nur nichts Ernstes daraus entstehen. Alexander hatte mich auf das Schloss seiner Eltern eingeladen, damit sie mich kennenlernen. Er durfte mich wieder ausladen. Was er getan hat.

Es verletzt mich zwar, dass seine Eltern mich ablehnen, doch ist das nicht das Problem. Das Problem ist, dass Alexander die Entscheidung seiner Eltern einfach so hinnimmt und sich nicht dagegen wehrt. Er hofft darauf, dass sie irgendwann einsehen, dass ihre Einstellung falsch ist. Er macht sich da etwas vor. Es gibt keinen Grund für seine Eltern ihre Einstellung zu ändern. Er akzeptiert sie ja. Soll ihre Einsicht vielleicht vom Himmel fallen?"

Sie wurden unterbrochen. Die Bedienung kam und brachte Helen ihren Espresso und das Mineralwasser. Marlies bestellte einen Kaffee. Dann griff sie das Gespräch auf.

„Tja, Helen. Das hört sich jetzt wirklich nicht gut an. Mich wundert´s nicht. Nimm es mir nicht übel, aber was kann man schon von diesem degenerierten Adel erwarten. Von frühester Kindheit an auf Rosen gebettet, materiell abgesichert kennen die das echte Leben nicht. Mag sein, dass das jetzt ein Vorurteil von mir ist, aber der junge Prinz bestätigt es doch. Kein Rückgrat. Beim geringsten Problem auf Rückzug programmiert. Ich würde ihn in den Wind schießen. Aber du liebst ihn zu sehr, nehme ich an."

„Das ist es ja", erwiderte Helen fast weinend. „Ich liebe ihn! Wenn das nicht so wäre, hätte ich tatsächlich mit ihm Schluss gemacht. Er hat sich nicht für mich eingesetzt. Das hätte ich aber von ihm erwartet."

„Hast du denn mit ihm darüber geredet?"

„Ich habe ihm gesagt, dass er sich gegenüber seinen Eltern konsequenter hätte verhalten müssen. Dann habe ich ihm gesagt, dass er gehen soll. Ich war nicht in der Lage weiter mit ihm darüber zu reden. Ich hoffe er lässt sich alles noch einmal durch den Kopf gehen und sieht ein, dass ich recht habe."

„Helen, so wie du mir eben deutlich gesagt hast, dass es für Alexanders Eltern keinen Grund gibt, ihre Meinung zu ändern, da er sie nicht vor vollendete Tatsachen stellt, so wenig Grund hat Alexander seine Meinung zu ändern. Du musst ihm konsequent gegenüber sein. Sag ihm, wenn er sich gegenüber seinen Eltern nicht durchsetzt und sich von ihnen abnabelt, kann er dir gestohlen bleiben. Nur so kannst du bei ihm etwas bewirken."

Helen schaute Marlies gequält ins Gesicht.

„Ich finde es gut, dass du mir so deutlich deine Meinung gesagt hast. Du hast mit Sicherheit recht. Ich habe Angst, wenn ich Alexander die Pistole auf die Brust setze, dass er die Beziehung zu mir beenden wird. Das möchte ich auf keinen Fall. Vielleicht rede ich noch mal mit ihm. Ich werde ihm und mir noch Zeit geben. Ich hoffe du kannst mich verstehen und verachtest mich nicht wegen meiner Inkonsequenz."

„Wo denkst du hin", entgegnete Marlies und trank einen Schluck ihres Kaffees, den die Bedienung mittlerweile gebracht hatte. „Ich kann deine Gefühle verstehen. Ich wollte dir nur deutlich machen, wie ich die Situation sehe. Ich glaube aber, dass sich über kurz oder lang eure Situation klären wird. Ich glaube nämlich nicht, dass du lange die Rolle der Mätresse eines Adligen haben willst. Denn das ist die Rolle, die du gerade hast. Verzeih mir meine harten Worte, aber will ich ehrlich zu dir sein."

„Aber Marlies! Ich glaube das siehst du jetzt aber zu extrem. Du willst doch Alexander nicht auf die Stufe eines adligen Verführers stellen, der Frauen nur benutzt und sie dann fallen lässt?"

„Nein, das will ich nicht." Marlies richtete sich gerade auf. „Ich wollte dir wirklich nur deutlich machen wie deine Situation von außen betrachtet aussieht. Das ist alles. Versteh mich bitte richtig. Ich habe dir meine Meinung gesagt. Was du tust, ist deine Sache. Ich akzeptiere das. Wenn du mit Alexander so weitermachen willst, ist das in Ordnung. Nur wie gesagt, glaube ich nicht, dass du das lange mitmachen wirst. Das zeigt nur, welche hohe Meinung ich von dir habe."

„Gut Marlies. Ich verstehe, was du mir sagen wolltest. Es wird wahrscheinlich darauf hinauslaufen. Aber ich brauche Zeit."

„Ja, das verstehe ich. Komm! Lass uns zahlen und uns noch etwas spazieren gehen. Die Sonne scheint so schön. Wir werden uns die trüben Gedanken vertreiben."

8.

Es war Freitagnachmittag. Alexander Prinz von Thalburg verstaute die Reisetasche von Helen im Kofferraum seines Sportwagens. Sie waren bereit zur Abfahrt. Geplant war ein gemeinsames Wochenende am Edersee in Nordhessen. Ungefähr drei Stunden Fahrt lagen vor ihnen. Alexander war früher schon einmal mit seinen Eltern an diesem See gewesen. Der See war schön gelegen, umrahmt von Bergeshöhen. Es war eine spontane Entscheidung gewesen, diese Fahrt zu unternehmen. Beide hatten das Gefühl gehabt, aus dem alltäglichen Trott heraus zu müssen. Helen hatte länger keinen Urlaub gemacht, sie freute sich sehr auf das Wochenende. War es ein bisschen so, als sei es ein Urlaub. Zwei volle freie Tage lagen vor ihnen. Sie hatten sich telefonisch in einem kleinen Landgasthof angemeldet. Ein Ferienappartement war noch frei gewesen.

Helen kam aus dem Hauseingang. „Haben wir alles? Dann kann es losgehen." Sie lachte. Alexander öffnete ihr die Beifahrertür und lud sie mit einer schwungvollen Geste ein Platz zu nehmen. „Bitte, Gnädigste. Die Weltreise kann losgehen." Er wirkte sehr entspannt, er freute sich auf das gemeinsame Wochenende. Alexander stieg ein und sie fuhren los. Erstaunlicherweise war nicht viel Verkehr, sie erreichten ihr Ziel nach zweieinhalb Stunden. Der Landgasthof lag am Fuße eines Höhenzuges und vor ihm der Stausee. Vom See trennte ihn nur eine Straße, die um den See führte. Gegenüber war eine der Anlegestellen der Fahrgastschifffahrt des Sees. Nach ihren Informationen gab es zwei von diesen Schiffen. Auf dem See konnte man sehr viele Segelboote erkennen. Es sah aus als würde eine Regatta stattfinden. Ein sehr malerisches Bild.

Die Wirtin führte sie zu ihrem Appartement, teilte ihnen die Öffnungszeiten des Restaurants mit, falls sie im Haus essen wollten. Nach hinten hatte das Appartement einen Balkon, der einen Blick auf einen kleinen Teich freigab. Helen war begeistert. „Nach vorne der See und nach hinten ein Teich. Was will man mehr. Mir gefällt es wirklich sehr gut hier. Wenn wir unsere Sachen eingeräumt haben, lass uns gleich an den See gehen. Vielleicht können wir eine Fahrt mit einem der Schiffe machen."

Helen war voller Tatendrang.

Nachdem alle Sachen verstaut waren, gingen beide zum Seeufer. Ein leichter Wind wehte ihnen Kühlung zu. Die Sonne schien vom Himmel. Sie gingen die paar Schritte zur Anlegestelle der Fahrgastschifffahrt und erkundigten sich nach der nächsten Fahrt. Die nächste Rundfahrt begann in zehn Minuten. Kurz entschlossen kauften sie zwei Karten und reihten sich unter den wartenden anderen Passagieren ein.

Die Fahrt über den See war sehr schön. Sie saßen an Oberdeck, ließen sich von einer leichten Brise streicheln und genossen die Aussicht auf die Seeufer. Die Fahrt dauerte eine Stunde, dann war das Schiff wieder an seinem Ausgangsort angekommen.

Alexander und Helen hatten an Bord nur jeder eine Tasse Kaffe zu sich genommen, es war also an der Zeit etwas zu essen zu sich zu nehmen. Gegenüber der Schiffsanlegestelle hatten sie ein Restaurant mit Terrassenplätzen gesehen. Dort nahmen sie Platz, bestellten jeder ein Gericht mit frischem Fisch. Nachdem sie gegessen hatten, tranken beide noch einen Kaffee und ließen sich von den letzten Strahlen, der langsam versinkenden Sonne, bescheinen.

Nach dem Restaurantbesuch gingen beide am Seeufer noch etwas spazieren, dann war es Zeit den Landgasthof aufzusuchen. Die Nacht rückte näher. Helen war angenehm beschwingt. Alexander und sie würden die erste gemeinsame Nacht miteinander verbringen. In ihrem Appartement tranken beide noch gemeinsam ein Glas Sekt und begaben sich dann zu Bett.

Am nächsten Morgen wachte Helen ausgeruht auf. Was für eine wundervolle Nacht! Wenn es immer so sein könnte. Dann aber glitt ein Schatten über ihr Gemüt. Alexanders Eltern! Sie hatte Alexander extra nicht auf die Problematik mit seinen Eltern angesprochen. Sie hatte sich entschieden, Alexander noch etwas Zeit zu lassen. Sie wollte nichts überstürzen, wollte nichts erzwingen. Sie hoffte, dass das die richtige Entscheidung war. Sie würde warten bis Alexander von sich aus das Problem ansprach. Bisher sah es allerdings nicht so aus. Sie verscheuchte die trüben Gedanken.

Alexander schlief noch tief und fest. Helen trat hinaus auf den Balkon um die ersten Sonnenstrahlen zu genießen. Der Schatten, der eben noch über ihr gelegen hatte, verschwand. Sie war glücklich. Alexander war ein zärtlicher Liebhaber. Sie hörte, wie Alexander aufstand und in das Bad ging. Kurz darauf kam er auf den Balkon. Er küsste sie zärtlich. „Es war eine wundervolle Nacht mit dir. Ich werde sie nie vergessen."

Helen errötete leicht. „Nun lass mal das Süßholzraspeln", sagte sie etwas burschikos. „Lass uns zum Frühstücken gehen und dann überlegen wir, was wir heute unternehmen können."

Alexander lächelte. „Ich weiß was ich gerne machen würde. Hier gibt es einen Rundweg um den See. Der See ist aber zu groß um ihn zu umrunden. Aber so gegen zwei Stunden Fußmarsch hätte ich nichts einzuwenden. Wir können bis zur nächsten Schiffsanlegestelle gehen und mit dem Schiff zurück fahren. Was hältst du davon?"

„Na ja, du hast mir das auf der Fahrt hierher angekündigt. Weswegen habe ich denn meine Wanderschuhe eingepackt? Aus keinem anderen Grund, um dir diesen Gefallen zu tun." Helen lachte lauthals. Denn eigentlich war diese Wanderung ihre Idee gewesen. Sie wusste, dass Alexander die Wanderung nur ihr zuliebe unternahm. Er war eher der sportliche Autofahrer als der zünftige Wanderer.

Nach dem Frühstück machten sich beide auf den Weg. Alexander hatte einen kleinen Rucksack geschultert, in dem sie Proviant gepackt hatten. Als sie mittags wieder im Landgasthof eintrafen, aßen sie dort zu Mittag und ruhten sich danach in ihrem Appartement aus. Später am Nachmittag besuchten sie das kleine Städtchen, das oberhalb des Edersees lag, kehrten dort noch in einer Eisdiele ein. Für den Abend hatten sie in einem der exklusiven Restaurants am See einen Tisch reserviert. Bei Kerzenlicht und Klaviermusik erlebten sie dort einen romantischen Abend. Gegen Mitternacht gingen sie in ihren Gasthof zurück. Am nächsten Tag war ihre Rückfahrt vorgesehen.

Nach dem Frühstück am nächsten Morgen traten sie die Heimfahrt an. Beide bedauerten sehr, dass dieses schöne, romantische Wochenende schon zu Ende war. Abends gingen beide in Deckenbach in das kleine Kino, das aus unerfindlichen Gründen immer noch in Betrieb war, und mussten sich dann voneinander verabschieden, da am Montag beide wieder die Pflicht rief. Helen versuchte, nicht an Alexanders Eltern zu denken. Sie hing mit ihren Gedanken lieber dem schönen Wochenende nach, das sie mit Alexander verbracht hatte. So fand sie schnell in den Schlaf.

9.

Am Montagmorgen fand sich Helen in der allgemein-ärztlichen Praxis Gruber wieder, um dort ihren Dienst zu versehen. Montags war die Praxis allgemein gut besucht. Viele Patienten kamen zur routinemäßigen Laboruntersuchung und natürlich waren immer wieder Patienten mit mehr oder weniger starken krankheitsbedingten Beschwerden vertreten. Helen hatte noch zwei Kolleginnen, mit denen sie sich auf der kollegialen Ebene gut verstand. Claudia, eine gleichaltrige Kollegin berichtete gerade Sybille, der Laborkraft, von ihrem so ereignisreichen Wochenende mit ihrem neuen Freund, als Helen die Praxis betrat. „Hallo Helen“, sagte sie. „Na, wie war dein Wochenende? Hast du mit deinem Prinzen was Tolles erlebt. Bei mir war es einfach super.“

„Ich hatte auch ein schönes Wochenende“, antwortete Helen und machte sich sogleich über die bereitgelegten Patientenakten her, die sie sich vorsorglich am Freitag herausgelegt hatte. Es waren die Akten der Patienten, die heute einen Termin hatten. Sie bedauerte jetzt, dass sie von ihrer Freundschaft mit einem Prinzen in der Praxis erzählt hatte. Was sie am Wochenende unternahm, war allein ihre Sache und ging niemanden etwas an. Sie lief aber keine Gefahr etwas berichten zu müssen, denn Claudia lag eher daran von sich selbst zu berichten, als dass sie sich tatsächlich irgendwelche Erlebnisse von anderen angehört hätte. Der Arbeitstag war sehr intensiv und arbeitsreich. Umso schneller verging die Zeit. Als am Spätnachmittag die Praxis geschlossen wurde, ging Helen noch im Supermarkt, der auf ihrem Nachhauseweg lag, einige Kleinigkeiten einkaufen und machte sich dann zu Hause noch etwas frisch. Sie hatte sich mit Marlies in der Eisdiele verabredet.

Als Helen in der Eisdiele ankam, saß Marlies schon da, vor sich einen riesigen Eisbecher. Helen bestellte sich im Vorbeigehen an der Eistheke einen Cappuccino und nahm dann an Marlies Tisch Platz.

„Na, wie geht’s der kleinen Urlauberin“, begrüßte Marlis sie freudig. „Scheint ein schönes Wochenende gewesen zu sein. Du siehst richtig entspannt und glücklich aus.“

„Es war einfach ein traumhaftes Wochenende“, entgegnete Helen. „Es war wirklich wunderschön. Dazu hatten wir noch ein Superwetter. Besser konnte es nicht sein.“

„Das freut mich für dich. Es scheint sich zwischen dir und deinem Prinzen alles gut zu entwickeln. Das ist wirklich schön. Ja, von mir gibt es nicht viel zu berichten. Die Boutique steht immer noch und ernährt ihren Mann beziehungsweise ihre Frau. Samstag hatten wir sehr viel zu tun. Das gute Wetter hat viele Leute in die Innenstadt gelockt und zum Kauf des einen oder anderen Kleidungsstücks verleitet."

Marlies besaß eine kleine Boutique in der Innenstadt, die sehr günstig lag und mit der Marlies ihren Lebensunterhalt gut bestreiten konnte.

„Am Sonntag habe ich dann, wie immer, meine Buchführung auf den neusten Stand gebracht, und habe abends meinen obligatorischen Besuch bei meinen Eltern gemacht." Marlies Eltern wohnten beide in Deckenbach und Marlies hatte es sich angewöhnt sie sonntags zu besuchen.

„Hast du denn mit Alexander noch mal über seine Eltern gesprochen?"

„Nein, Marlies. Ich habe mich entschieden, Alexander noch Zeit zu geben. Ich möchte warten, bis er die Problematik von selbst anspricht. Er weiß, dass das noch zwischen uns steht. Er muss etwas unternehmen wenn er unsere Beziehung nicht aufs Spiel setzen will. Ich denke, dass er meine Einwände ernst genommen hat."

„Das wünsche ich dir. Nicht dass du bis an das Ende deiner Tage warten musst."

„Nein, so weit wird es nicht kommen. Ich überlasse mich da meinem Gefühl. Wenn nach einer gewissen Zeit von Alexander diesbezüglich nichts kommt, werde ich ihn darauf ansprechen."

„Gut, Helen. Du wirst das schon richtig machen. Ich weiß, dass ich bei unserem letzten Treffen mit meiner Meinung dazu etwas forsch vorgegangen bin. Nimm es mir nicht übel."

„Nein, sicher nicht. Ich weiß, dass aus dir nur die Freundschaft zu mir gesprochen hat. Ich bin froh, dass wir uns kennengelernt haben. Übrigens kennengelernt haben: Was macht eigentlich Dein Bänderabriss?"

„Mittlerweile alles in Ordnung. Ich stolziere auf meinen Pumps wie eh und je. Und was ist mit deinem Knie?"

„Auch alles in Ordnung. Wir haben am Wochenende am Stausee eine lange Wanderung gemacht und ich hatte absolut keine Probleme mit dem Knie!"

„Wunderbar! Wie es aussieht, haben wir unseren Invalidenstatus endgültig hinter uns!"

10.

Es war später Abend. Helen und Alexander waren in der Innenstadt von Darmstadt unterwegs. Sie waren im Kino gewesen. Sie hatten sich den Klassiker Casablanca mit Ingrid Bergmann und Humphrey Bogart angesehen. Helen hatte ein Faible für alte Filme. Alexander war da nicht festgelegt. Er war mit Helen den Film anschauen gegangen, weil er mit ihr etwas unternehmen wollte und weil er gerne ins Kino ging. Der Film selbst stand für ihn nicht im Vordergrund.

Helen war von dem Film begeistert, obwohl sie ihn schon mehrmals gesehen hatte. Beide wollten noch etwas trinken gehen und waren auf dem Weg ins „Chez Claude", einem Bistro, das zurzeit in Deckenbach in aller Munde war.

Helen und Alexanders Beziehung war etwas abgekühlt. Sie spürten es beide, doch keiner von ihnen war in der Lage dieses Problem anzusprechen.

Sie hatten das Bistro erreicht. Es war sehr voll. Sie fanden aber noch einen Platz an einem kleinen Ecktisch. Alexander ging an die Theke und gab ihre Bestellung auf. Dann kam er an seinen Platz zurück.

„So, mein Schatz. Mir hat der Kinobesuch gut gefallen. Wie war es für dich?" fragend sah er sie an.

„Mir hat es gut gefallen. Mir gefällt am Besten Ingrid Bergmann in ihrer Rolle. Sie wirkt so vornehm und elegant. Das gefällt mir sehr an dieser Rolle."

Bevor Alexander darauf etwas erwidern konnte, wurden sie unterbrochen. Ein junger Mann mit braunem, kurz geschnittenem Haar war an ihren Tisch getreten und sprach Alexander an: „Hallo Alexander. Schön dich zu sehen. Darf ich mich denn zu euch setzen oder störe ich?“

„Ich denke ja. Helen wird nichts dagegen haben“, erwiderte Alexander. Helen äußerte ihre Zustimmung und Alexander machte Helen und Hubert Borst, einen Studienkollegen von ihm miteinander bekannt.

Alexander und sein Kommilitone redeten über einige Ereignisse, die mit ihrem Studium zu tun hatten. Unterbrochen wurde das Gespräch durch den Wirt, der die bestellten Getränke brachte. Hubert Borst richtete sich an Helen. „Du bist also Alexanders Freundin? Respekt – sage ich da nur. Kein Wunder, dass er noch nichts von dir erzählt hat. Wenn ich so ein Kleinod mein eigen nennen würde, würde ich es auch nicht jedem auf die Nase binden.“ Helen fühlte sich unangenehm berührt.

Hubert Borst merkte, dass er sich im Ton vergriffen hatte, und bemerkte entschuldigend: „Tut mir leid. Mein Ton war nicht angemessen. Ich wollte damit nur ausdrücken, dass du mir gefällst. Ich hoffe du verzeihst mir?“

„Ist in Ordnung. Ich habe dich verstanden. Jeder vergreift sich mal im Ton. Ist nicht schlimm“, entgegnete Helen. Hubert Borst ehrliche Entschuldigung hatte seine vorherige Bemerkung wieder wettgemacht.

„Ja, mir passiert das oft, wenn Alexander mit im Spiel ist. Er macht mich immer etwas unsicher. Das liegt einfach daran, dass er ein waschechter Prinz ist. Ich weiß dann nie, wie ich mich verhalten soll. Ob ich ihn mit „Alexander“ oder „Durchlaucht“ anreden soll. Ich hatte vorher noch nie mit Adligen zu tun.“

„Jetzt hör aber auf!“, mischte sich Alexander lachend ein. „Ich habe dir schon tausendmal gesagt, dass ich auf eine förmliche Anrede keinen Wert lege und du mich Alexander nennen sollst. Wie das alle übrigen Kommilitonen übrigens ebenfalls tun.“

„Das schon. Es hat aber am Anfang unter uns anderen Studenten Unruhe gegeben, als wir erfuhren, dass ein Prinz mit uns im Hörsaal sitzt. Es gab positive wie negative Reaktionen. Diese Diskussionen beruhigten sich erst, als wir dich besser kennengelernt hatten. Als wir wussten, dass du ein Pfundskerl bist und auf deinen Adelstitel keinen Wert legst."

Nach dieser Aussage sah Alexander Helen an als wollte er sagen „Siehst du, ich bin doch kein übler Kerl". Helen ignorierte seinen Blick.

„Da bin ich aber erstaunt, dass ich für so viel Unruhe in den Studentenkreisen gesorgt habe. Ich hätte nie gedacht, dass nur die Tatsache einen Adelstitel zu besitzen für so einen Aufruhr sorgen würde", meinte Alexander.

„Das ist genau der Punkt, wo es hakt", sagte Hubert. „Ihr Adligen meint ihr seid ganz normal wie wir anderen auch. Aber das ist nicht der Fall. Ihr seid von vornherein in ein leichteres Leben hineingeboren und könnt euch keine Vorstellung davon machen, was es zum Beispiel heißt der Sohn eines kleinen Handwerkers zu sein, der begabt ist, sich sein Studium im Grunde aber erkämpfen muss. Uns trennen Welten! Du aber willst das nicht sehen. Wenn es darauf ankommt, wirst du immer auf der Seite Deiner Kaste sein!"

Helen dachte, wie recht er bloß hat. Hubert Borst sprach genau das aus was Helen Alexander hätte sagen müssen. Hubert gefiel ihr immer besser.

Alexander schaute Hubert betroffen an. „Hubert", sagte er. „Ich wusste nicht, dass du so denkst. Dass uns Welten trennen, glaube ich nicht. Ich hoffe du kannst mir diesbezüglich keine Vorwürfe machen?"

„Nein, mache ich nicht. Wie ich schon gesagt habe, bist du ein Pfundskerl. Ich meine das jetzt eher im Allgemeinen. Nach dem Motto: Der gemeine Adel und ich. Nimm mein Gesagtes jetzt nicht zu ernst."

Alexander nahm das Gesagte schweigend und zustimmend nickend hin. Den weiteren Abend wirkte er jedoch nachdenklich und unkonzentriert.

Später, als Alexander und Helen das Bistro verließen, zeigte sich Alexander einsilbig und missmutig. Als beide im Wagen von Alexander saßen, sprach Helen ihn an: „Was ist los, Alexander? Du bist so ruhig, bist so nachdenklich. Was für eine Laus ist dir über die Leber gelaufen? Hat es etwas mit Hubert zu tun?"

„Ja, schon", erwiderte Alexander. „Er und du ... ihr versteht mich einfach nicht. Er hat wohl recht. Sicher habe ich mit meinem Hintergrund ein anderes Leben geführt wie Ihr. Aber macht mich das zu einem schlechteren Menschen?"

„Natürlich nicht. Das hat niemand behauptet. Wenn du dich als schlechterer Mensch angeklagt fühlst, dann solltest du dich einmal fragen, warum du dich so fühlst. Die Ursache kann nur in dir selbst liegen."

Alexander sah Helen nur traurig an. „Komm, lass uns fahren. Ich bringe dich nach Hause. Lass uns ein anderes Mal darüber reden."

Helen war traurig über Alexanders erneuten Rückzug. Sie hatte gehofft, dass die Wahrheiten die Hubert Borst Alexander vorgehalten hatte, ein Ansatzpunkt zu einem klärenden Gespräch zwischen Alexander und ihr führen würden. Sie hatte sich getäuscht.

11.

Zwei Tage später trafen Alexander und Helen sich im Cafe Breitscheid. Sie hatten sich seit ihrem Besuch im Bistro „Chez Claude" nicht mehr gesehen. Alexander hatte Helen angerufen und um eine Unterredung gebeten. Er klang sehr ernst und sachlich, wollte aber weiter nichts sagen, sondern nur den Termin mit Helen ausmachen.

Helen war neugierig, was es Besonderes gab, es konnte sich nur um ihre Beziehung handeln. Wahrscheinlich hatte es mit der Angelegenheit mit seinen Eltern zu tun. Sie war gespannt, was Alexander ihr zu berichten hatte.

Als sie im Cafe Breitscheid erschien, war Alexander schon da. Er saß an ihrem Stammplatz, ein Mineralwasser vor sich, erhob sich als er Helen hereinkommen sah und gab ihr einen leichten Kuss auf die Wange.

Helen bestellte einen Cappuccino bei der herbeieilenden Serviererin, setzte sich neben Alexander und schaute ihn erwartungsvoll an.

„Was ist denn los? Du hast es am Telefon ziemlich spannend gemacht. Ich bin gespannt was du mit mitzuteilen hast. Ich hoffe nur, es ist nichts Schwerwiegendes."

„Na ja, was heißt Schwerwiegendes ... ich wollte mit dir über unsere Beziehung sprechen. Ich denke, es gibt da einiges, was nicht in Ordnung ist. Es gibt Trennendes zwischen uns. Wir stammen aus verschiedenen Welten. Ich wollte das nicht so sehen, mittlerweile habe ich meine Meinung dazu geändert. Dass, was Hubert letztens zu diesem Thema gesagt hat, hat mir die Augen geöffnet. Ich bin anders aufgewachsen als du, ich denke es wird für uns immer schwierig sein auf einen gemeinsamen Nenner zu kommen. Ich liebe dich, aber das allein scheint nicht zu genügen. Wir benötigen die gleiche Lebenseinstellung. Die besitzen wir aber nicht wegen unserer unterschiedlichen Herkunft..."

Helen unterbrach Alexander barsch: „Ach! Hat da der Herr Papa noch mal mit dem Söhnchen gesprochen und ihm seine „Lebenseinstellung" nahe gebracht? Ich glaube, du machst es dir mal wieder sehr einfach. Erwarten würde ich von dir, da du mich liebst, wie du sagst, dass du mich an die Hand nimmst und sagst Helen lass uns unser Leben zusammenleben und meine Eltern denken was sie wollen, wir gehen unseren Weg allein. Dazu scheinst du aber nicht in der Lage zu sein. Du kuschst lieber vor deinen Eltern und kommst mit deiner fadenscheinigen unterschiedlichen Lebenseinstellung."

Helen war sehr erbost. „Alexander", sagte sie mit eindringlicher Stimme. „Ich ahne, was du sagen willst. Ich wollte dich zwar gerade bitten es nicht zu sagen – aber das wäre nur aufgeschoben. Wenn du unsere Beziehung beenden willst, dann sage es und quäle mich nicht länger und dich auch nicht."

„Ja", sagte Alexander. „Du sagst es selbst. Du willst also die Beziehung zu mir nicht mehr?"

„Mein lieber Alexander." Helen war mittlerweile leichenblass geworden. Ihr Herz schlug ihr bis zum Hals. „Jetzt verdreh die Dinge nicht. Sag was du zu sagen hast und dann habe wir es hinter uns." Helen gab sich forscher als sie es war. Ihr war schwach zumute, mit einer solchen dramatischen Entwicklung des Gespräches hatte sie nicht gerechnet, doch sie konnte nicht länger an sich halten. Deswegen ihre etwas aggressive Art das Gespräch zu forcieren.

Alexander sah ihr in die Augen und dann sagte er: „Ja, Helen. Ich möchte die Beziehung zu dir beenden. Es hat einfach keinen Sinn mit uns. Du siehst, wohin uns jedes Gespräch über unsere unterschiedliche Herkunft führt."

„Komm mir nicht wieder mit deiner unterschiedlichen Herkunft. Du hast gesagt du siehst keinen Sinn mehr in unserer Beziehung. Das nehme ich als Tatsache so hin. Meine Meinung ist immer noch, dass du dich nur vor der Auseinandersetzung mit deinen Eltern drückst. Ich hätte nicht gedacht, dass du die Flinte so schnell ins Korn wirfst. Unsere Beziehung scheint somit keinen großen Wert für dich zu haben. Sehr, sehr schade und sehr traurig. Das tut mir leid und tut mir sehr weh. Ich weiß nicht was ich dazu sagen soll. Es ist so sinnlos. Ich sehe wie verbohrt, wie gepanzert und verschlossen du bist. Tu mir den Gefallen, zahl mein Getränk und lebe wohl. Ich kann nicht mehr!"

Mit diesen Worten stand Helen ruckartig auf, nahm ihre Handtasche von der Stuhllehne und verließ mit schnellen Schritten das Cafe. Sie weinte.

Sie ging die Brunnerstraße entlang. Sie hatte es nicht weit bis nach Hause. Das Gehen in der frischen Luft würde ihr gut tun. Das dieser bornierte Schnösel sie einfach nicht verstand, war schier zum verzweifeln. Doch nun war alles zu spät. Sie hatte sich hinreißen lassen und Alexander in die Enge getrieben. Und er konnte sich tatsächlich nicht anders helfen, als die Beziehung zu beenden! Mein Gott! Wer hätte das gedacht! Jetzt aber war es so. Jedenfalls konnte Alexanders Liebe zu ihr nicht groß gewesen sein, da er sie so schnell beenden konnte. War also nur ein Strohfeuer gewesen. Wie hatte sie sich in ihm so täuschen können? Sie schaute auf. Da war sie ja schon zu Hause angelangt. Sie hatte nicht bemerkt, wie sie den Weg zurückgelegt hatte. Sie zog ihr Schlüsselbund aus der Tasche, öffnete die Tür und ging mit schweren Schritten die Treppe zu ihrer Wohnung hinauf.

Alexander war auf seinem Stuhl sitzen geblieben. Er hatte keinen Versuch unternommen Helen am weggehen zu hindern. Er kam sich vor wie gelähmt. Er wusste nicht, wie ihm geschehen war. Er hatte sich schon öfters überlegt sich von Helen zu trennen, heute aber hatte er wirklich mit ihr über ihre gespannte Beziehung reden wollen. Und jetzt waren sie getrennt! Er fragte sich was ihn dazu getrieben hatte Helen zu sagen, dass er sich von ihr trennen wollte. Wie konnte ein Gespräch denn nur so schief laufen?

Sollte er Helen gegenüber das Gesagte zurücknehmen? Wie sah das denn aus? Das sah so aus als wüsste er nicht, was er wollte. Das ging auf keinen Fall. Außerdem hatte es wirklich keinen Zweck. Helen sah nicht ein, dass er seinen Eltern Zeit lassen musste, um sich an den Gedanken zu gewöhnen, dass ihr Sohn eine Bürgerliche liebte. Sie hatte kein Verständnis für seine Situation. Das würde sie nie haben. Also, war es so wirklich das Beste. Auch wenn es schmerzlich war. Jetzt hatte sich die Situation so entwickelt, sollte es auch so bleiben. Er würde Helen schon vergessen. So lange waren sie nicht zusammen gewesen. Die Situation mit seinen Eltern würde sich nun wieder entspannen. Mit solchen Gedanken im Kopf verließ er das Cafe, nachdem er die Rechnung beglichen hatte.

12.

Es war gegen Abend. Helen legte den Telefonhörer auf die Gabel. Hubert Borst hatte sie gerade angerufen. Er hatte sie gefragt ob sie mal mit ihm ausgehen würde. Ihre Telefonnummer hatte er aus dem Telefonbuch erfahren. Helen hatte erst kurz gezögert, aber nach kurzem Überlegen hatte sie zugesagt. Warum nicht? Hubert war ihr sympathisch. Seit ihrem Gespräch mit Alexander waren zwei Wochen vergangen. Sie war in dieser ganzen Zeit nur zu Hause gewesen, hatte den größten Teil ihrer Zeit vor dem Fernseher verbracht. Das lenkte sie wenigstens für einige Zeit von ihren trüben Gedanken ab. Die Trennung von Alexander machte ihr schwer zu schaffen. So glücklich sie mit ihm gewesen war, so unglücklich war sie jetzt. Die Verabredung mit Hubert Borst würde ihr etwas Abwechslung bringen. Sie hatte sich mit ihm in der Eisdiele verabredet, die in der Fußgängerzone lag. Hier konnte man andere Müßiggänger flanieren sehen.

Als sie die Eisdiele erreicht hatte, setzte sie sich an einen Fensterplatz. Hubert Borst war noch nicht zu sehen. Zur Straßenseite hin hatte die Eisdiele Panoramafenster, die man zur Seite schieben konnte. So saß man wie auf einer Terrasse. Viele Leute gingen vorüber, hier in der Fußgängerzone gab es die interessantesten Cafes und Kneipen des Städtchens.

Hubert Borst betrat die Eisdiele. „Hallo“, begrüßte er Helen. „Schön, dass du Zeit für mich hast. Ich freue mich sehr über unser Treffen. Hast du schon etwas von der Karte ausgewählt?"

„Nein, noch nicht. Ich denke, ich werde wie immer, einen Eiskaffee nehmen. Mag ich am liebsten. Hast du eine Vorliebe?"

„Ja, ich stehe total auf Spaghetti-Eis. Dann kann ich nach vorne gehen und für uns bestellen. Wir brauchen nicht auf die Bedienung zu warten."

Er ging zur Eistheke und gab die Bestellung auf. Er kam zurück und nahm Helen gegenüber Platz. Er schaute aus dem Fenster. „Ganz schön viel Leute unterwegs. Ist kein Wunder bei dem schönen Wetter. Was macht ..."

Er wurde von dem italienischen Kellner unterbrochen, der die Bestellung brachte. Nach dem der junge Mann verschwunden war, um sich um seine anderen Gäste zu kümmern, nahm Hubert das Gespräch wieder auf.

„Ich hoffe, Alexander hatte nichts dagegen, dass du dich mit mir triffst. Ich war nicht sicher ob ich es wagen sollte dich alleine einzuladen."

Helens Stimme zitterte leicht, als sie antwortete: „Es ist so: Ich brauchte Alexander über unser Treffen nicht zu informieren. Wir sind nicht mehr zusammen. Wir haben uns getrennt. Wir passen wohl nicht zusammen. Unsere Ansichten sind zu unterschiedlich."

Hubert schaute Helen ins Gesicht. „Was! Ihr habt euch getrennt? Ich habe Alexander erst vor kurzem gesehen. Er hat mir nichts davon gesagt."

„Es wird ihm unangenehm sein, so wie es mir auch ist. Das möchte man nicht unbedingt jedem auf die Nase binden."

„Gut, da hast du recht. Alexander und ich sind nicht gerade dicke Freunde. Wir sind Studienkollegen die sich gut verstehen, das ist aber schon alles. Ich hatte immer eine gewisse Distanz zu Alexander. Er ist immerhin ein Adliger und die sind anders gebacken wie wir, oder?"

Helen schaute Hubert direkt an. „Ich sehe da keinen Unterschied. Wir sind alle Menschen mit ähnlichen Gefühlen. Durchaus möglich, dass die Sorgen und Nöte andere sind, aber unsere Gefühlswelten sind alle gleich. Und das macht uns doch auch aus. Keiner von uns ist ein Außerirdischer und kommt aus einem anderen Universum."

„Du sagst aber selbst dass ihr Beide zu unterschiedliche Ansichten habt. Die haben aber in erster Linie mit Alexanders Herkunft zu tun."

„Ich denke es hat etwas mit seiner Erziehung zu tun. Lass uns das Thema lieber beenden. Ich habe jetzt keine Lust die Problematik einer beendeten Beziehung zu diskutieren."

Helen hatte kein Interesse daran Hubert klar zu machen, dass Alexanders Problem in erster Linie darin bestand sich seinen Eltern gegenüber nicht durchsetzen zu können. Seine adlige Herkunft sah sie nur als sekundäres Problem an, das sich durch die Einstellung von Alexanders Eltern, Alexander dürfe keine bürgerliche Frau heiraten, überhaupt erst als Problem zeigte.

„Du hast vollkommen recht. Mich hat deine Mitteilung über Alexander und eure Trennung jedenfalls total überrascht. Ihr wirktet sehr sicher in eurer Beziehung. So kann man sich täuschen. Na ja, dann habe ich eventuell Chancen bei dir." Er lachte über den Scherz.

Oder sollte es etwa kein Scherz gewesen sein, dachte Helene. Hubert sollte sich da nur mal nichts einbilden. Er war zwar nett, intelligent, gut aussehend, aber das alleine reichte nicht, um eine Beziehung mir jemanden zu beginnen. Da sollten schon die entsprechenden Gefühle die entscheidende Rolle spielen. Sie brauchte niemanden der sie über die gescheiterte Beziehung zu Alexander hinweg trösten musste. Das konnte sie gleich klarstellen. „Da mach dir mal keine falschen Hoffnungen. Ich brauche jetzt erst Mal Zeit für mich. Ich muss die gescheiterte Beziehung zu Alexander erst verarbeiten, bevor ich bereit für eine andere bin. Das ist nur natürlich."

Hubert schaute etwas betroffen: „Das verstehe ich. Meine Bemerkung war nicht so ernst gemeint. Ich wollte nur ausdrücken, dass du dich wegen Alexander nicht grämen musst. Es gibt genug andere junge Männer, mit denen du glücklich werden kannst."

„Danke für deinen Versuch mich diesbezüglich etwas aufzumuntern. Ich denke ich werde noch etwas Zeit brauchen um den Verlust Alexanders zu verschmerzen, doch heilt die Zeit alle Wunden. Der Schmerz wird vorübergehen und mir die Sonne wieder lachen." Sie lächelte.

Ihr gefiel der Verlauf des Gespräches nicht. Hubert kam von dem Thema gescheiterte Beziehung gar nicht weg. Gab es denn keine anderen Themen? Sie hatte sich nicht mit ihm getroffen, um ihre Probleme mit ihm zu erörtern. Dazu kannten sie sich viel zu wenig. Sie entschloss sich das Treffen zu beenden.

„Tja, Hubert. Ich will dann mal los. Es ist mittlerweile schon spät. Ich habe Morgen einen langen Arbeitstag vor mir. Vielen Dank für deine Einladung. Bis wieder mal."

Sie stand entschlossen auf, gab Hubert die Hand um sich zu verabschieden. Der protestierte.

„Hallo! Nicht so schnell. Warte! Ich will nur bezahlen. Ich begleite dich nach Hause. Ich lass dich nicht allein nach Hause gehen."

„Lass nur. Es ist nur ein kurzes Stück Weg. Wie gesagt. Auf bald."

Sie verließ die Eisdiele mit langen Schritten und ließ einen verdutzten Hubert Borst zurück.

13.

Hubert Borst saß in seinem Arbeitszimmer an seinem Schreibtisch, schaute aus dem Fenster, vor dem der Tisch stand. Er hatte eben Helen angerufen und sie zu einem Abendessen im „Kalimera“, einem griechischen Restaurant, eingeladen. Helen hatte die Einladung nach anfänglichem Zögern angenommen. Diese junge Frau ging ihm nicht mehr aus dem Kopf. Er liebte sie. Er hatte sich im ersten Augenblick als er sie gesehen hatte ihn sie verliebt. Eigentlich war das verrückt. Seine vorherigen vielfältigen Beziehungen zu seinen Freundinnen waren zwar von Leidenschaft geprägt gewesen,aber eher meist auf einer körperlichen Ebene. Er hatte diese Frauen zwar sehr gemocht, aber geliebt? Was Liebe war, wusste er erst, seit er Helen Bensberg kannte. Er hatte sich bemüht seine Gefühle hinter einer gewissen Coolness zu verbergen und glaubte, dass es ihm gelungen war, seine wahren Gefühle zu verbergen. Denn er wollte es nicht so schnell mit Helen verderben, da sie für ihn noch nicht bereit war. Erst war sie mit Alexander liiert gewesen und ein Annäherungsversuch von seiner Seite wäre von Helen sofort abgeschmettert worden. Dieses Risiko wollte er nicht eingehen. Jetzt war Helen zwar von Alexander getrennt, es war aber zu sehen, dass sie ihn noch immer in ihrem Herzen trug. Was konnte er tun, damit Helen Alexander schneller vergaß? Immerhin gut, dass sie seine Einladungen annahm. Also konnte er für sie nicht ganz uninteressant sein. Aber das allein würde ihn nicht vorwärts bringen. Er hatte zu wenig Geduld dazu. Er wollte nicht so lange warten bis Helen Alexander endlich vergessen hatte.

Er könnte Alexander vielleicht schlecht machen, ihn diffamieren. Das würde eventuell helfen, dass Helen Alexander endlich aus ihrem Herzen verbannen konnte. Alexander war ihm zwar sympathisch, das war aber auch alles. Er war ihm im Grunde genommen egal. Außerdem hatte der doch alles. Er würde den Betrieb seines Vaters übernehmen, brauchte sich dafür nicht anstrengen, ihm fiel alles in den Schoß. Da die Beziehung zu Helen sowieso beendet war, würde er ihm nichts wegnehmen. Er versuchte nur, einen kleinen Vorteil für sich herauszuholen. Das war wohl erlaubt. Ja, er würde es tun. Er würde Alexander ein paar weniger feine Frauengeschichten andichten, Helen würde erkennen, dass sie ihre Liebe einem total Unwürdigen geschenkt hatte und würde ihn schnellstens vergessen wollen. Und dann wäre er als der Freund da, der sie stützen würde. Aus Freundschaft war schon oft Liebe entstanden. Hubert gefiel seine Idee immer besser. Er müsste sich jetzt nur ein paar pikante Details für seine erfundenen Frauengeschichten ausdenken und seiner Zukunft mit Helen stand sicher nichts mehr im Wege.

Der Abend war da. Hubert Borst hatte Helen zu Hause abgeholt und sie waren mit seinem Wagen zu dem griechischen Restaurant gefahren. Es lag etwas außerhalb der Stadt. Es war ein milder Sommerabend. Vor dem Restaurant waren einige rustikale Tische und Stühle aufgestellt. Sie würden also draußen essen können. Hubert und Helen begaben sich an einen freien Tisch, der Kellner kam sogleich herbei und brachte ihnen die Karte. Die Bestellung war schnell aufgegeben, sie warteten auf ihre Getränke. Hubert erzählte über sein Studium und fragte Helen nach ihrer Arbeit in der Praxis Gruber. Der Kellner brachte die bestellten Getränke, kurze Zeit später brachte er das Essen. Helen hatte Lammkoteletts mit Reis gewählt, Hubert hatte sich für einen Grillteller entschieden. Nachdem beide gegessen hatten, entschloss sich Hubert seinen nachmittags geschlossenen Plan, in die Tat umzusetzen.

„Helen“, begann er. „Ich habe lange überlegt, ob ich dir, was ich dir jetzt sagen möchte, überhaupt erzählen soll. Ich denke aber, dass es für dich das Beste ist. Ich sehe nämlich wie sehr du dich über deine gescheiterte Beziehung zu Alexander grämst und quälst. Das kann ich mir nicht länger anschauen. Alexander hat so viel Aufmerksamkeit nicht verdient. Ich glaube nämlich, dass er dich mit seinem Liebesgeständnis hinters Licht geführt hat. Er ist nämlich in unseren Studentenkreisen als übler Casanova bekannt. Er hatte lange Zeit eine Freundin nach der anderen. Wenn er sie dann endlich ins Bett gebracht hatte, hatte er sie schnell fallen lassen und sich der nächsten Liebschaft zugewandt. Vor uns hat er mit seinen Eroberungen geprahlt und sich über seine Freundinnen lustig gemacht. In einem Fall ging es sogar so weit, dass eine junge Frau von Alexander schwanger gewesen ist. Er hat sie so lange unter Druck gesetzt, bis sie sich entschlossen hat das Kind abzutreiben. Ich weiß, es wirft kein gutes Licht auf mich, dass ich dir das jetzt erzähle, aber wenn ich dich so leiden sehe, kann ich einfach nicht anders."

Helen schaute Hubert sprach- und fassungslos an. Sie glaubte, nicht richtig zu hören. Was erzählte Hubert da? Alexander ein übler Frauenverführer? Ein Mann, der eine Frau zur Abtreibung gezwungen hatte? Das konnte nicht sein? Aber warum sollte Hubert ihr so etwas erzählen, wenn es nicht stimmte? Sie fand ihre Sprache wieder. „Hubert", sagte sie. „Was erzählst du mir da? Ich bin völlig fassungslos. Das kann nicht sein. Ich kann mich nicht so in einem Menschen täuschen. Alexander ist kein skrupelloser Frauenheld. Das gibt es nicht!"

„Es tut mir leid Helen. Es ist so. Ich habe damit gerechnet, dass meine Geschichte bei dir auf Unglauben fällt. Ich weiß das alles von Alexander selbst. Nicht nur ich weiß davon, sondern andere Kommilitonen auch. Ich meine es nur gut mit dir. Glaub mir. Mir tut es leid, dir so wehtun zu müssen, doch denke ich einfach du solltest die Wahrheit wissen."

Helen war den Tränen nahe. Sie wusste nicht, wie ihr geschah. Ihr einziger Gedanke war nur noch das sie nach Hause wollte, um allein zu sein. Sie musste ihre Gedanken ordnen, ihren Gefühlen freien Lauf lassen können.

„Hubert", sagte sie. „Du wirst verstehen, dass nach diesen Eröffnungen der Abend gelaufen ist. Bitte, tu mir den Gefallen, fahr mich nach Hause. Du wirst verstehen, dass ich jetzt allein sein möchte. Das muss ich erst einmal verdauen."

„Natürlich. Ich zahle schnell und fahre dich sofort nach Hause." Er ging nach vorne an den Tresen, bezahlte die Rechnung und beide brachen auf. Er fuhr Helen nach Hause, brachte die fassungslose junge Frau bis an die Tür und verabschiedete sich von ihr. Als er zu seinem Wagen zurückging lächelte er. Seine Saat ging auf.

Helen öffnete ihre Wohnungstür, ging schnellen Schrittes in ihr Schlafzimmer, warf sich auf ihr Bett und weinte.

14.

Marlies und Helen hatten sich im Cafe Breitscheid verabredet. Es war Nachmittag, die Sonne schien, sie saßen auf der Terrasse des Cafes, Kaffee und Kuchen vor sich. Helen hatte ihren Kuchen noch nicht angerührt. Sie hatte Marlies erzählt was ihr Hubert Borst von Alexander und seinen Frauengeschichten erzählt hatte. Marlies zog das Erzählte in Zweifel.

„Glaubst du diese Geschichten tatsächlich?", fragte sie Helen. „Ich kenne den Prinzen zwar nicht, aber so, wie du ihn mir geschildert hast, kann ich mir kaum vorstellen, dass er so ein Casanova sein sollte. Er hätte dich nie auf das Schloss seiner Eltern eingeladen, wenn er keine festen Absichten gehabt hätte."

„Ich glaube schon, dass er es mit mir ehrlich gemeint hat. Doch hat das Eine nichts mit dem Anderen zu tun. Die Frauengeschichten können trotzdem der Wahrheit entsprechen. Diese Frauen hat er nicht geliebt. Obwohl ich sagen muss, dass die Liebe zu mir nicht gerade sehr stark gewesen sein kann, wenn er mich auf Grund der Meinung seiner Eltern aufgibt. Ich glaube Hubert. Er hat keinen Grund solche Lügen in die Welt zu setzen. Er würde sich der Gefahr einer Verleumdungsklage aussetzen, wenn er solche falschen Gerüchte in die Welt setzen und es herauskommen würde."

„Warum sollte es denn herauskommen?", fragte Marlies. „du wirst Alexander, jetzt wo ihr getrennt seid, sicherlich nicht darauf ansprechen. Oder hast du das etwa vor?" Interessiert beugte sie sich vor, nahm einen Schluck von ihrem Kaffee und wartete auf die Antwort ihrer Freundin.

„Ehrlich gesagt hatte ich mir anfangs überlegt, ob ich Alexander darauf ansprechen soll, ich habe mir das aber anders überlegt. Ich habe keine Lust mich lächerlich zu machen. Ich bin mit Alexander nicht mehr zusammen, ich habe also kein Recht ihn wegen irgendetwas zur Rede zu stellen. Ich muss leider mit meinem Schmerz über diese dubiose Angelegenheit alleine zurecht kommen."

„Da kann ich dir nur zustimmen. Versuch die ganze Angelegenheit zu vergessen. Es ist alles schmerzlich genug. Je schneller du Alexander und alles was mit ihm zu tun hat, vergessen kannst, umso besser ist es. Doch noch einmal zurück zu Hubert Borst. Kannst du dir wirklich keinen Grund vorstellen, warum er mit diesen Frauengeschichten Alexanders gelogen haben könnte? Meinst du nicht, dass er dir Alexander vielleicht abspenstig machen will, weil er gemerkt hat, dass du den Prinzen noch liebst. Hubert Borst hat vielleicht was dich betrifft gewisse Absichten."

Helen schaute ihre Freundin erstaunt an. „Ich glaube, da siehst du zu schwarz. Gut, Hubert mag mich. Ich glaube aber nicht, dass er solche Mittel anwenden würde, um bei mir zu landen. Wie gesagt, die Gefahr, dass alles auffliegt ist zu groß. Ich schätze ihn anders ein."

„Ja, glaub du nur weiterhin an das Edle und Gute im Menschen. Ich habe meine Zweifel an dieser Geschichte. Was du damit tust, ist deine Sache. Aber egal, ob diese Frauengeschichten stimmen, an den Tatsachen ändert es nichts. Alexander und du seit getrennt. Was er vorher alles angestellt hat, kann dir egal sein."

„Ist es aber nicht!" Helens Stimme wurde lauter. „Ich nehme es mir selber übel, dass ich mich so in einem Menschen getäuscht habe. Ich habe ihn für den edelsten und gütigsten Menschen auf der Welt gehalten. Und dann erfahre ich, dass er ein egoistischer Menschenverachter ist. Was bin ich nur für ein schlechter Menschenkenner!"

„Jetzt hör aber auf!" Marlies hob ihre Stimme. „Es ist in keiner Weise bewiesen, dass die Behauptungen von Hubert Borst zutreffen. Na ja, du bist jetzt noch wegen der Informationen, die Hubert dir gegeben hat, sehr aufgewühlt. Wer weiß, vielleicht siehst du in ein paar Tagen die Situation mit anderen Augen."

„Wer weiß. Lass uns das Thema beenden. Wir kommen jetzt sowieso nicht weiter. Erzähl mal lieber von dir. Wie geht's dir denn?"

Helen fühlte sich von ihrer Freundin nicht verstanden. Sicher hatte sie sich nicht vorstellen können, dass Alexander von so üblem Charakter sein konnte. Aber er hatte sie so sehr enttäuscht, dass sie mittlerweile in der Lage war, sich vorzustellen, dass die Behauptungen Huberts der Wahrheit entsprachen. Alexander hatte im Bezug auf seine Eltern kein Rückgrat gezeigt, mittlerweile traute sie ihm auch andere Schwächen zu.

Marlies erzählte von ihrer Arbeit, von ihrem, für sie angenehmen Singleleben. Nachdem die Freundinnen das Cafe verlassen hatten, machten sie in dem sommerlichen Wetter noch einen Spaziergang und trennten sich danach voneinander.

15.

Prinz Alexander saß auf der Terrasse der Universitäts-Mensa und genoss seinen Cappuccino als er Hubert Borst auf sich zukommen sah. Sie hatten sich zwar in den Vorlesungen gesehen, doch hatten sie längere Zeit nicht miteinander gesprochen. Hubert fragte ob er sich zu Alexander setzen könne. Alexander hatte nichts dagegen und Hubert nahm Platz.

„Wie geht es dir?", begann er das Gespräch. „Wir haben uns lange nicht mehr unterhalten. Mir ist aufgefallen, dass du in den Vorlesungen einen abwesenden Eindruck machst, wenn ich dir das sagen darf. Auch von deinen themenbezogenen Scherzen, die immer für eine gewisse Auflockerung in den Vorlesungen sorgten, hört man nichts mehr. Bedrückt dich eventuell die Trennung von Helen oder bedrückt dich etwas anderes. Ich möchte dir nicht zu nahe treten, doch dachte ich, ich frag einfach mal."

„Meine Trennung von Helen? Was weißt du denn von meiner Trennung von Helen? Ich habe bisher mit niemanden darüber gesprochen."

„Ja, du nicht", erwiderte Hubert Borst. „Aber Helen. Sie hat mir das von eurer Trennung mitgeteilt. Du musst nämlich wissen, Helen und ich sind in der letzten Zeit öfter miteinander ausgegangen. Dabei hat sie mir ihr Herz ausgeschüttet."

Prinz Alexander schaute entrüstet auf. „Habt ihr euch etwa schon getroffen, als ich noch mit Helen befreundet war?"

„Na! Hallo! Etwa eifersüchtig? Nein, natürlich habe ich mich mit Helen erst getroffen, nachdem ihr getrennt wart. Wo denkst du hin?" Das er Helen eingeladen hatte, obwohl er nicht wusste, das sie wieder „Single" war, verschwieg er wohlweislich. Hubert Borst merkte, dass es ihn reizte, Alexanders Eifersucht noch etwas zu schüren. „Ich will es dir nicht verheimlichen. Das wäre unfair. Helen und ich sind uns bei diesen Verabredungen näher gekommen. Bevor du es vielleicht von anderer Seite erfährst, will ich es dir selbst sagen: Helen und ich sind seit kurzer Zeit zusammen. Wir sind intim befreundet. Du wirst wohl nichts dagegen haben?" Er lächelte.

Prinz Alexander wusste nicht, was er sagen sollte. Diese Nachricht überraschte ihn. Damit hatte er nicht gerechnet. Er hätte nicht angenommen, dass ihn eine solche Mitteilung so mitnehmen würde. Er spürte den Stachel der Eifersucht in sein Herz dringen.

„Tja", sagte er mit gedämpfter Wut. „Da hat sich Helen schnell getröstet. Dass sie mich so schnell vergisst, hätte ich nicht gedacht."

„Was heißt hier getröstet?", giftete Hubert. „Helen hat sich nicht mit mir getröstet. Sie hat einfach erkannt, dass sie mich liebt und nicht dich. Das ist alles."

„Hat sie das etwa gesagt? Gesagt, dass sie dich liebt?" Prinz Alexander schrie es fast.

„Aber natürlich hat sie das.", entgegnete Hubert Borst. Die Lüge kam ihm leicht von den Lippen.

Der Prinz versuchte sich zusammenzureißen, um seine Betroffenheit nicht zu zeigen. „Na! Dann wünsche ich euch viel Glück für die weitere Zukunft. Nimm es mir nicht übel. Ich muss los, habe leider keine Zeit mehr."

Bei den letzten Worten erhob er sich, hob grüßend die Hand und verließ die Terrasse. Er ging zum Mensaparkplatz, setzte sich in seinen dort stehenden Wagen und stöhnte auf. Das gab es nicht! Hubert Borst und Helen ein Paar? Aber was störte ihn daran? Das konnte ihm tatsächlich egal sein? Wieso war er so eifersüchtig? Warum schmerzte ihn diese Mitteilung so sehr? Blöde Frage dachte er bei sich. Er liebte Helen eben, das war alles. Er hatte gehofft, dass die Trennung von Helen mit der Zeit seine Liebe zu ihr erkalten lassen würde, aber wie er jetzt sehen konnte, hatte er sich getäuscht. Er liebte sie mehr denn je. Doch nun war es zu spät! Jetzt hatte Helen sogar noch einen neuen Freund. Es gab kein zurück mehr. Was war er nur für ein blöder, bornierter Esel gewesen. Nur um dem Konflikt mit seinen Eltern auszuweichen, hatte er seine große Liebe aufgegeben. Er wusste jetzt, dass es tatsächlich so war. Alles andere, was er Helen dazu gesagt hatte, waren nur Rechtfertigungen, die er für sich selbst gebraucht hatte. Sie beide würde zu viel trennen! Was für ein Unsinn! Seine Eltern waren das Dilemma für ihn gewesen. Jetzt stand er da. Alleine, ohne Helen! Sie hatte eine neue Beziehung und hatte ihn mit Sicherheit aus ihrem Herzen verbannt. Sonst hätte sie die Beziehung zu Hubert Borst nie eingehen können. Hoffentlich wurde sie mit Hubert Borst glücklich. Das wünschte er ihr von ganzem Herzen. Er wollte nicht, dass sie unglücklich war. Das hatte sie nicht verdient. Alles war sein Verschulden. Er hoffte nur er würde ihr nie mehr begegnen. Das wäre einfach zu schmerzhaft für ihn. Mit diesem Gedanken startete er seinen Wagen und machte sich auf den Weg nach Hause.

16.

Alexander saß in einem kleinen Bistro in Darmstadt und hing seinen Gedanken nach. Es war später Abend. Er war nach der letzten Vorlesung noch in der Stadt geblieben. Er hatte noch nicht nach Hause fahren wollen. Seine Gedanken wurden durch einen leichten Schlag auf seine rechte Schulter unterbrochen. Erstaunt schaute er über seine Schulter und sah in ein bärtiges, breit lächelndes Gesicht.

„Hallo Alexander", sagte der Mann. „Echt lange nicht gesehen. Na! Erkennst du mich nicht? Ich bin's Karl Schneller. Wir sind zusammen aufs Gymnasium gegangen. Ich war lange Zeit Dein Banknachbar."

„Oh! Hallo, jetzt wo du es sagst, erkenne ich dich natürlich. Dein Bart macht dich sehr unkenntlich, mein Lieber", entgegnete Alexander zu Thalburg.

„Darf ich denn Platz nehmen oder willst du lieber alleine sein? Du warst nämlich gerade sehr in Gedanken versunken. Ich will dich nicht stören."

„Nein, ist in Ordnung. Nimm ruhig Platz. Ist vielleicht gut mit einem alten Freund zu plaudern. Das bringt mich vielleicht von meinen Sorgen weg."

„Sorgen? Du hast Sorgen? Da bist du bei mir an der geeigneten Stelle. Ich bin professioneller Sorgenberater, bei mir bist du gut aufgehoben. Doch Spaß beiseite. Es ist tatsächlich so. Ich betreibe eine Praxis für Lebensberatung und das schon ewig lange. Du kannst dich sicher erinnern, dass ich immer auf der Helferschiene unterwegs war. Ich habe daraus einen Beruf gemacht. Die Praxis läuft super gut, ich scheine also nicht schlecht in meinem Job zu sein. Wenn Du möchtest, berichte mir nur dein Leid. Vielleicht kann ich dir einen Tipp geben."

Alexander schaute Karl direkt an. Er erinnerte sich. Karl und er waren lange befreundet gewesen, bevor unterschiedliche Studienplätze in verschiedenen Städten ihre Wege getrennt hatten. Er hatte sich mit Karl immer gut verstanden. Karls optimistische Lebenseinstellung hatte ihm immer gut getan. Sie hatten sich früher ihre geheimsten Geheimnisse, die man als pubertierende Jugendliche hatte, mitgeteilt. Vielleicht keine schlechte Idee Karl seine Probleme mitzuteilen. Vielleicht konnte er ihm tatsächlich auf die Sprünge helfen. Was ihm jedenfalls gut tat, war die Tatsache, dass er das Gefühl hatte, Karl vertrauen zu können. Das Gefühl, das er Karl gegenüber früher schon hatte. Enttäuscht hatte Karl ihn noch nie.

Er sagte: „Ich finde es toll, dass du gerade jetzt hier auftauchst. Ja, du hast recht. Lass uns zusammen reden. Ich habe zu lange mit niemandem über meine Ängste und Sorgen geredet. Es wird Zeit mich zu öffnen. Das allein wird mir sicher schon helfen. Komm, setzen wir uns dort hinten an den Tisch, da können wir ihn Ruhe und ungestört reden."

Er zeigte zu dem Tisch, der in einer Ecke des Bistros stand.

„Okay machen wir." Karl ging sofort zum Tisch und nahm Platz. Alexander folgte ihm und setzte sich ihm gegenüber.

Alexander fing an zu erzählen. Er begann damit, wie er Helen kennen gelernt hatte, wie er sie zu sich eingeladen hatte, erzählte, dass seine Eltern gegen diese Verbindung gewesen seien und er sich von Helen getrennt hatte. Karl hörte ihm geduldig zu. Ab und zu stellte er mal eine Frage und ließ sich den einen oder anderen Aspekt von Alexanders Bericht genauer erläutern.

Als Alexander geendet hatte, lächelte ihn Karl Schneller an. „Gut, mein Freund, dass wir uns getroffen haben. Ich glaube dein Problem zu analysieren ist nicht sehr schwer. Eigentlich müsstest du selber wissen was du zu tun hast. Aber meist ist es so, dass man sein eigenes Dilemma nicht so richtig erkennen kann, weil man selber direkt mittendrin steckt. Also: Was ich heraushöre, ist, dass du deine Helen auf jeden Fall liebst. Ist doch so? Oder?" Fragend schaute er Alexander an.

„Ja, sicher", erwiderte Alexander. „Das weiß ich spätestens seit mir Hubert Borst eröffnet hat, dass er mit Helen zusammen ist. Das hat mir einen solchen Stich und Schmerz versetzt, wie ich es noch nie erlebt habe. Ich war so eifersüchtig. Ich hätte Hubert am liebsten umgebracht. Ich habe mir meine Wut aber nicht anmerken lassen."

„Ja, ja, das ist deine Erziehung. Aggressionsgehemmt bis zur Selbstverleugnung." Karl lächelte. „Du liebst also Helen, möchtest gerne den Rest deines Lebens mit ihr verbringen. Was steht dem jetzt im Wege? So einiges. Erst einmal Helen selbst, mit der du dummerweise Schluss gemacht hast. Dann ihre Beziehung zu Hubert Borst, die wir später noch genauer untersuchen sollten. Ich glaube nämlich nicht, dass diese Beziehung auf festen Füßen steht. Dann haben wir da noch einen harten Brocken, nämlich deine Eltern, die hochheilige, adlige Familie. Dann hätten wir dich noch selbst. Und damit sollten wir anfangen. Du bist der Schlüssel zum Ganzen."

„Ich bin der Schlüssel zum Ganzen? Wie meinst du das?", unterbrach Prinz Alexander seinen ehemaligen Schulkameraden.

„Wie ich das meine? Sehr einfach. Es kommt nur darauf an, was du willst. Das gilt es, dann umzusetzen. Mit aller Konsequenz allerdings. Also: willst du mit Helen zusammen sein, komme, was da wolle?"

„Ja, das will ich", bekräftigte Alexander.

„Dann musst du die Aussprache mit Helen suchen. Du musst ihr klar machen, dass du sie liebst und ihr sagen, was für ein vollkommener Idiot du warst."

„Ich werde keine Chance haben! Ich habe Helen zu sehr verletzt. Außerdem liebt sie Hubert Borst!" Alexanders Stimme klang höher.

„Alexander!" Karl Schnellers Stimme wurde eindringlich. „Jetzt nur nicht kneifen. Da musst du jetzt durch. Ich glaube nicht, dass deine Helen Hubert Borst liebt. Sie ist mit ihm aus verletztem Stolz und Liebeskummer zusammen. Aus keinem anderen Grund. Auch wenn es banal klingt, aber genauso ticken Menschen. Man kann es ihr nicht zum Vorwurf machen. Alles was sie sich erträumt hatte, ist auf einmal wie eine Seifenblase zerplatzt. Sie muss mit ihrem Kummer irgendwo hin. Und da war Hubert Borst, der ihr Aufmerksamkeit schenkte, der sie trösten wollte. Nur allzu menschlich, wenn man dem nicht widerstehen kann. Doch ist Hubert Borst, so bitter das für ihn ist, nur ein Übergangsobjekt, er ist für einige Zeit sozusagen Ersatz für jemand anderen. Das kennt man in der Psychologie. Wenn Helen ihren Kummer verarbeitet hat, wird sie sich von Hubert abwenden. Dafür gebe ich dir Brief und Siegel."

„Soll ich vielleicht solange warten!", meinte Alexander aufgebracht.

„Natürlich nicht. Würdest du mich vielleicht einfach mal ausreden lassen. Solange warten? So einfach wollen wir es dir aber nicht machen, mein Freund. Du musst zu deinen Fehlern stehen und sie wieder in Ordnung bringen. Also, wie ich schon sagte: Du wirst Helen anrufen, sie um ein Treffen, um eine Aussprache bitten. Du bist es Helen schuldig. Sie muss wissen, dass du sie liebst. Nur so hat sie die Möglichkeit sich zwischen dir und Hubert Borst zu entscheiden. Du musst Helen klar machen, dass egal was deine Eltern wollen, du zu ihr stehst und notfalls mit deinen Eltern brechen wirst. Das ist nämlich die Grundvoraussetzung für eure Beziehung. Keine Einmischung von irgendwelchen Verwandten."

„Du verlangst aber ganz schön viel von mir, mein Lieber", unterbrach ihn Prinz Alexander.

„Willst du endlich erwachsen werden, oder willst du es nicht. Ich kann auch gehen, wenn du willst. Stoß ruhig alle Leute mit deinem kleinlichen Stolz vor den Kopf. Du wirst sehen, wo du bleibst", sagte Karl Schneller ruhig.

Alexander schaute beschämt zu Boden. „Tut mir leid, Karl. Ich weiß, dass du es gut mit mir meinst. Ich weiß es zu schätzen, dass du so offen mit mir sprichst. Du musst nur verstehen ich bin es nicht gewöhnt solche Wahrheiten zu hören. Es ist aber wahrscheinlich tatsächlich langsam an der Zeit, dass mich mal jemand aufrüttelt."

„Ich verstehe, dass es nicht leicht für dich ist. Ist es für niemanden. Außerdem machen wir zwei hier gerade einen Crash-Kurs in Sachen Selbstständigkeit und Abnabelung. Das ist doppelt schwer. Kommen wir damit zu einem weiteren Knackpunkt der ganzen Angelegenheit. Zu deinen Eltern. Mit ihnen solltest du übrigens zuerst das Gespräch suchen. Du musst ihnen sagen, dass du Helen liebst und mit ihr zusammen sein willst, egal was sie davon halten. Du musst ihnen klar machen, dass ihr geschiedene Leute seid, wenn sie sich deinem Lebensglück entgegenstellen wollen. Und du musst dass tun, auch wenn du nicht weißt, ob Helen mit dir noch zusammen sein will. Also ohne Netz und doppelten Boden. Es geht hier nämlich nicht nur darum, ob du dein Glück mit Helen findest, sondern es geht auch darum, dich von Deinen Eltern abzunabeln. Das ist wahrscheinlich noch wichtiger als alles andere. Es wird dir übrigens leichter fallen Helen von deiner Liebe und Glaubwürdigkeit zu überzeugen, wenn du dich von deinen Eltern abgegrenzt hast. Kannst du meinen Ausführungen folgen?"

Alexander schaute Karl Schneller begeistert an. „Natürlich, Karl. Ich habe dich verstanden und genau so, wie du es gesagt hast, werde ich es machen. Ich werde als Erstes mit meinen Eltern reden, danach mit Helen und hoffe, dass sich alles zum Guten wenden wird."

17.

Prinz Alexander zu Thalburg hielt mit seinem Wagen vor der Freitreppe des Wohnhauses von Schloss Thalburg. Er ließ den Wagen unabgeschlossen stehen und begab sich direkt in den Salon, wo er seinen Vater und seine Mutter traf.

„Gut, dass ich euch treffe. Ich muss unbedingt mit euch reden. Ich hoffe ihr habt Zeit für mich. Ich möchte die Angelegenheit hinter mich bringen.

Robert Fürst zu Thalburg lächelte: „Da scheint es sich mal wieder um etwas sehr Wichtiges zu handeln. Oder sollte ich mich täuschen?" Sein Ton nahm aber sofort einen ernsteren Ton an, als er sah, dass sein Sohn seine Worte keinesfalls humorvoll aufnahm. „Gut Alexander, lass uns Platz nehmen und berichte was du uns mitzuteilen hast." Die Fürstin, die sich etwas im Hintergrund gehalten hatte, trat zu ihnen heran und nahm auf dem Sofa neben ihrem Mann Platz. Fragend schaute sie auf Alexander.

Der begann ohne Umschweife. „Ich will es kurz machen. Ich habe euch von meiner Verbindung zu Helen erzählt. Ihr werdet euch erinnern. Ich habe, wie ihr wisst, die Beziehung zu ihr vor einiger Zeit beendet. Ich hielt das damals für richtig. Ich weiß aber heute, dass ich mit der Beendigung der Beziehung einen schweren Fehler begangen habe. Ich wollte nur dem Konflikt mit euch aus dem Weg gehen. Ich weiß aber jetzt, dass ich Helen sehr liebe und ich sehr gerne mit ihr zusammen sein würde. Ich möchte sie heiraten."

Der Fürst machte Anstalten um Alexander zu unterbrechen, aber der ließ das nicht zu. „Bevor du irgendetwas sagen willst, Vater, lass mich ausreden. Dann kannst du reden." Der Fürst schwieg als er den entschlossenen Ton seines Sohnes hörte. „Ich habe mit Helen über meine Wünsche noch nicht gesprochen. Ich wollte die Angelegenheit erst mit euch klären. Ich muss mich gegen eure Wünsche stellen. Es geht hier um meine Liebe zu der Frau, mit der ich mein Leben verbringen möchte. Es geht um mein Lebensglück. Da kann ich keine Rücksicht auf Traditionen und Wünsche von euch nehmen. Das solltet ihr verstehen. Ich hoffe auf euer Verständnis, doch möchte ich sagen, solltet Ihr Helen als meine Frau weiterhin ablehnen, sind wir getrennte Leute. Ich werde für mich und Helen selber sorgen können. Ich werde eure Unterstützung nicht brauchen. Eine Trennung von euch würde mich zwar schmerzen, aber geht es um meine Zukunft und wie ich mir mein Leben vorstelle. Das war es, was ich euch sagen wollte. Jetzt könnt Ihr euch dazu äußern. Bitte!"

Der Fürst und die Fürstin schwiegen. Sie sahen sich beide an. Dann begann der Fürst zu sprechen: „Lieber Alexander. Als Erstes: Ich spreche jetzt auch im Namen deiner Mutter." Die Fürstin nickte. Der Fürst sprach weiter. „Wir wundern uns nicht, dass du uns solche Eröffnungen machst. Wir haben dich die letzten Wochen erlebt. Haben gesehen, wie du immer verschlossener wurdest, dich immer mehr zurückgezogen hast. Haben erlebt, wie du dich in deinem Studium vergraben hast, haben gesehen, das du immer weniger Freude an deinem Leben hattest. Wir haben uns gefragt, wie das weitergehen soll. Wir haben vermutet, dass es mit der Trennung zu deiner Freundin zu tun hat. Es ist gut, dass du heute mit diesen Eröffnungen zu uns kommst. Wir hatten selbst schon vorgehabt, mit dir zu sprechen. Es tut uns leid, dass wir deine Liebe zu Helen Bensberg nicht ernst genommen haben. Wenn es um dein Lebensglück geht, wollen wir dem nicht entgegenstehen. Wir haben nichts mehr gegen eine Verbindung von euch beiden. Uns tut unsere altmodische Einstellung leid. Wir haben damit unnötige Verwicklungen hervorgerufen. Das wollten wir nicht. Wir hoffen nur, dass du die Trennung zu deiner Freundin wieder rückgängig machen kannst. Unsere Unterstützung hast du jedenfalls. Wir möchten nicht, dass uns irgendetwas trennt. Dafür lieben wir dich zu sehr. Wir hoffen, dass du uns verzeihen kannst.

Du weißt, Alexander, wir blicken auf eine lange Tradition zurück. Wir waren immer stolz auf unsere Vorfahren. Wir blicken auf eine lange Adelsliste zurück. Unsere frühesten Vorfahren haben als Lehensmänner für Kaiser und Könige gekämpft. Später kamen Kurierdienste dazu, heute stellen wir Präzisionswerkzeuge her. Es stand seit deiner Geburt fest, dass du einmal unsere Fabrik als Direktor führen wirst. Ich war glücklich, dass mein erstes Kind ein Sohn war, der die Tradition weiterführen würde. Wie du weißt, konnte deine Mutter nach deiner Geburt keine Kinder mehr bekommen. So lagen alle Hoffnungen auf dir, als unserem einzigen Nachkommen. Ganz in unserer Tradition verhaftet, haben wir versucht dich in dieser Tradition zu erziehen. Wir waren froh, dass du in deiner schulischen Ausbildung so leicht vorankamst. Ließ das alle Hoffnungen zu. Ich freute mich sehr, dass es für dich, wie es schien, kein Problem zu sein schien, den traditionellen beruflichen Weg unserer Familie zu gehen. Du wolltest nicht Psychologie, nicht Medizin oder eventuell Lehramt studieren. Du hast dich ohne weiteres für das Studium des Maschinenbaus entschieden. Das hat mich sehr glücklich gemacht. Ich hatte den Eindruck, dass das eine freie Entscheidung von dir war. Wir mussten dich nicht dazu drängen. Ich weiß nicht, was gewesen wäre, wenn du dich anders entschieden hättest. Ich weiß nicht, wie sehr ich dich bedrängt hätte. Inwieweit unsere Erziehung einen Einfluss auf deine Entscheidung hatte, weiß ich nicht zu sagen. Wir haben es also, was deine Entwicklung betraf immer leicht gehabt. Ich hole jetzt so weit aus, weil ich möchte, dass du uns verstehst. Behaftet in unserer Tradition war es für uns klar, dass du jemanden aus unserem Stand heiraten würdest. Du hattest vor Jahren diese Beziehung zu Caroline von Burgholz. Wir haben diese Verbindung gerne gesehen. Leider hielt die Beziehung nicht lange. Wie du uns sagtest, war es nur eine jugendliche Schwärmerei. Jedenfalls nahmen wir an, du würdest dich weiter in unseren Kreisen umsehen."

Alexander fiel Caroline ein. Er dachte er sei verliebt, aber es war tatsächlich, wie sein Vater schon sagte, nur eine jugendliche Schwärmerei gewesen. Nichts was Bestand gehabt hätte. Caroline war heute mit einem jungen Grafen verheiratet. Wie er gehört hatte, waren beide sehr glücklich. Es war ihr gegönnt. Sie war ein junges, liebreizendes Mädchen gewesen. Er hörte weiter seinem Vater zu.

„Wir waren daher also sehr überrascht, als du uns mit deiner Mitteilung überraschtest, dass du mit einer Frau aus dem Bürgerstand befreundet warst und ernste Absichten hegtest. Unsere Reaktion darauf war sicher zu heftig. Wir hätten uns an den Gedanken erst gewöhnen sollen und dann noch mal in Ruhe mit dir über die Angelegenheit reden sollen. Wir hätten dann vielleicht die Situation ernster genommen, als wie wir es getan haben.

Übrigens freue ich mich, dass du deine Meinung uns gegenüber so konsequent vertrittst. Du bist erwachsen geworden. Ich bin stolz auf dich." Des Fürsten Stimme zitterte leicht. Alexander war ebenfalls sehr bewegt. Das hatte er von seinen Eltern nicht erwartet. Er hatte mit Widerstand, hatte mit dem Zerwürfnis gerechnet, aber nicht mit dem Verständnis seiner Eltern.

Er antwortete seinen Eltern. „Ihr seht mich erstaunt. Ich weiß kaum was ich sagen soll. Mit dieser freudigen Überraschung habe ich nicht gerechnet. Ihr seht mich sehr erleichtert. Das Letzte, was ich wirklich gewollt hätte, wäre ein Zerwürfnis mit euch gewesen. Ich hoffe jetzt, dass ich Helen zurückgewinnen kann. Sie hat einen neuen Freund. Ich hoffe, dass sie diese Beziehung nur aus Liebeskummer und aus dem Schmerz heraus, den ich ihr zugefügt habe, eingegangen ist. Ich werde sie Morgen anrufen und sie um ein Treffen und um eine Aussprache bitten."

18.

Es war Freitagabend. In Deckenbach lief die Veranstaltung „Drei Tage Deckenbach". Ein Event das unter der Schirmherrschaft des Magistrats der Stadt lief. Drei Tage lang würden viele Musiker, Schauspieler und Kleinkünstler in der Stadt auftreten. Quer durch die Stadt reihte sich Marktbude an Marktbude. Würstchenstände, Crêpebäckereien, Getränkebuden und –zelte wechselten sich ab. Ein bunter Reigen war angesagt. Hubert Borst hatte Helen angerufen und gefragt ob sie mit ihm in die Stadt gehen würde. Sie hatte zugesagt und sie hatten sich gegen Abend getroffen. Es war ein heißer Julitag, gegen Abend kühlte es glücklicherweise etwas ab. Helen und Hubert schlenderten durch die Innenstadt und schauten sich das Angebot der Marktstände an. Nicht etwa das es dort etwas Neues geben würde, es war alles wie jedes Jahr. Helen und Hubert genossen das emsige Treiben, wie die anderen Besucher auch. Nachdem sie in der Eisdiele ein Eis genossen hatten, machten sich beide auf zum Anstieg zur Waldhöhe, einem kleinen Berg am Rand der Stadt. Hier fanden auf einigen, vor Tagen errichteten Bühnen, verschiedene Konzerte statt. Es gab Rockmusik, klassische Musik, Folkmusik. Es traten Gruppen, aber auch Solisten auf. Helen und Hubert hörten verschiedenen Gruppen zu, blieben jedoch nie lange bei einer Veranstaltung. In dem weitläufigen Gelände war für Erfrischungen gesorgt. Hubert nahm auf ihrer Wanderung von Veranstaltung zu Veranstaltung einige Biere zu sich. Helen trank nur Mineralwasser. Angeregt durch die alkoholischen Getränke wurde Huberts Stimmung immer besser. Nachdem sie sich sattgesehen und gehört hatten, verließen sie die Waldhöhe wieder und machten sich auf den Weg in die Innenstadt. Mittlerweile war es spät geworden und Helen wollte gerne nach Hause gehen und den Tag beenden. Hubert schien das nicht zu gefallen.

„Helen, bitte", sagte er. „Der Abend war so schön, du willst ihn sicher nicht einfach so beenden. Lass uns wenigstens noch etwas bei dir trinken, lass uns noch reden und den Abend gemütlich beenden. Ich verspreche dir, ich bleibe höchstens eine halbe Stunde."

Helen überlegte kurz, dann entgegnete sie: „Na gut, Hubert. Ich will mal nicht so sein. Dann komm halt mit, wir trinken noch etwas ... aber in einer halben Stunde ist dann wirklich Schluss."

„Natürlich. Wo denkst du denn hin."

Helen öffnete die Eingangstür, beide gingen die Treppe hinauf und betraten Helens Wohnung. Helen schickte Hubert ins Wohnzimmer um dann noch etwas zu trinken aus der Küche zu holen. Sie brachte Limonade und Mineralwasser mit. „Etwas anderes habe ich nicht zu Hause. Aber du hast vorhin genug Bier getrunken, ein Mineralwasser oder eine Limo ist dann besser." Sie lachte.

Hubert nahm ein Glas Limo und schaute Helen tief in die Augen. „Ich finde es schön, dass du mich zu dir mitgenommen hast. So sind wir endlich einmal unter uns, völlig ungestört. Sonst haben wir uns in irgendwelchen Lokalen getroffen, da war immer viel los, will sagen, wir waren nie ungestört."

„Das stimmt", entgegnete Helen. „Aber ich muss dir ehrlich sagen mich hat das nicht gestört. Das Leben um uns herum hat mir ganz gut gefallen. Hatte ich doch etwas, was ich gerne vergessen wollte."

„Ja, aber jetzt erst haben wir die Gelegenheit uns endlich etwas näher zu kommen. Ich muss dir nämlich etwas sagen, Helen. Ich denke du wirst nicht unbedingt überrascht sein. Du wirst dir denken können, warum ich so oft mit dir ausgehen wollte. Ich liebe dich! Ich liebe und begehre Dich. Ich kann es kaum erwarten, dich in meine Arme zu schließen!" Mit diesen Worten stand er auf, versuchte Helen zu umarmen und ihr einen Kuss zu geben. Helen schrie entsetzt auf: „Was soll denn das! Hubert! Reiß dich zusammen. Ich liebe dich nicht! Bitte lass mich in Ruhe." Helen riss sich aus Huberts Armen los und schubste ihn von sich weg. Hubert stand wie erstarrt, entgeistert schaute er Helen an. Dann veränderte sich sein Gesicht. Es nahm einen wütenden Ausdruck an.

„Was glaubst du eigentlich, wer du bist!", schrie er. „Lässt nur adelige Söhnchen an dich heran! Ich bin dir wohl nicht gut genug. Na ja, glücklicherweise ist Schluss mit dem Prinzlein. Er wird mit dir sicherlich nichts mehr zu tun haben wollen. Falls du glaubst zwischen ihm und dir könnte es noch einmal was werden, hast du dich getäuscht. Ich habe ihm nämlich erzählt, dass wir beide zusammen sind, dass wir ein Liebespaar geworden sind. Er hat das geglaubt. Da staunst du was! Den bist du ein für allemal los! Ich habe euch schön reingelegt. Die Frauengeschichten habe ich dem Prinzlein angedichtet. Der und Frauengeschichten! Der ist viel zu edel dafür. Aber bei dir hat es ja gezogen. Ich ...."

Er brach ab. Die letzten beiden Sätze hatte er wohl nicht sagen wollen. Er schaute betroffen. „Helen", sagte er. „Tut mir leid. Vergiss was ich gesagt habe. Es war nur meine Wut und Enttäuschung."

Helen schaute Hubert wütend an. „Du hast schon zu viel gesagt. Aber gut, dass du es gesagt hast. Was bist du bloß für ein infamer Kerl. Verlass sofort meine Wohnung. Lass dich nie wieder in meiner Nähe blicken! Und nun raus!"

Sie wies zur Tür. Hubert sah ein, dass alles verloren war. Er hatte zu viel preisgegeben. Betroffen ging er zur Tür und verließ schweigend die Wohnung.

Helen atmete auf. Ihre Anspannung und Wut legten sich aber schnell. Das waren interessante Neuigkeiten! Sie war erleichtert, als ihr klar wurde, dass die Frauengeschichten Alexander nur angedichtet waren. Wie dumm sie aber gewesen war, dass sie die Erzählungen von Hubert geglaubt hatte. Marlies hatte also mit ihrer Ahnung recht gehabt. Da musste sie aber Abbitte tun. Das würde ihr aber leicht fallen.

19.

Am nächsten Morgen wachte Helen früh auf. Sie hatte gut geschlafen, fühlte sich wach und ausgeruht. Sie hatte von Alexander geträumt. Sie, in einem weißen Kleid, er in einem schwarzen Anzug waren sie mit einer Segeljacht bei strahlendem Sonnenschein in Richtung Horizont gesegelt. Es war ein sehr schöner Traum gewesen. Etwas bedauernd war sie erwacht. Doch hielt die traurige Stimmung nicht lange an. Wusste sie jetzt, dass Alexander absolut unbescholten war. Sie war froh, dass sie sich getäuscht hatte. Die Enttäuschung über Alexanders Verhalten hatte ihre Wahrnehmung getrübt. Eines war ihr aber nochmals durch die letzten Ereignisse klar geworden: Sie liebte Alexander wie eh und je. Sie würde ihn immer lieben, auch wenn sie nicht zusammen sein konnten. Irgendwie war sie selber schuld. Sie hatte Alexander regelrecht gezwungen mit ihr Schluss zu machen. Es wäre richtiger gewesen, ihm mehr Zeit zu lassen. Ihre Selbstvorwürfe halfen aber nichts. Brachte nur schlechte Laune mit sich. Sie versuchte ihre Gedanken in eine andere Richtung zu lenken. Sie könnte Marlies anrufen, sich mit ihr verabreden und irgendeine Veranstaltung bei „Drei Tage Deckenbach" besuchen. Sie musste den Veranstaltungsplan irgendwo liegen haben? Sie suchte in ihrer Handtasche und fand den Veranstaltungskalender sofort. Ah ja! Da war doch schon etwas, was man sich anschauen konnte. Auf der Bühne auf dem Marktplatz trat um elf Uhr „Diva“ auf und bot orientalischen Bauchtanz an. Danach kam Ras Nasarat mit orientalischem Tanz. Das wäre was. Mal was anderes als das Übliche. Das war das Besondere an dieser Veranstaltung. Alle Auftritte fanden umsonst statt, da schaute man sich durchaus was an, was man sonst nicht schauen würde.

Sie rief Marlies an. Sie verabredeten sich für die Veranstaltung. Helen erzählte Marlies die Ereignisse des letzten Abends, wie sich Hubert aufgeführt hatte, was er preisgegeben hatte und dass sie ihn aus der Wohnung geworfen hatte. Marlies war erbost, als sie das hörte. Sie ließ sich in unschönen Worten über Hubert aus, freute sich aber, dass sich Prinz Alexander doch als der herausgestellt hatte, für den sie ihn, wenigstens unter dem Casanova-Gesichtspunkt, gehalten hatte. Es ehrte Marlies, dass sie nichts darüber verlauten ließ, dass sie diesbezüglich recht gehabt hatte.

Kurz, nachdem Helen das Telefongespräch beendet hatte, klingelte das Telefon. Ob Marlies etwas vergessen hatte, was sie noch mitteilen wollte? Helen hob den Hörer ab. Sie meinte ihr Herz müsse stehen bleiben als die Stimme am anderen Ende der Leitung erkannte! Alexander war am Telefon.

„Hallo Helen“, sagte er. „Leg bitte nicht auf. Ich muss unbedingt mit dir reden. Es ist sehr wichtig für mich. Ich möchte mich gerne mit dir aussprechen. Würdest du mir bitte diese Bitte erfüllen?“ Helen schlug das Herz bis zum Hals. Sie musste all ihre Kraft zusammennehmen um Alexander antworten zu können. Sie freute sich seine Stimme zu hören, hatte plötzlich weiche Knie.

„Gut, Alexander“, erwiderte sie. „Es passt gut, dass du anrufst. Ich freue mich darüber. Auch ich würde gerne mit dir reden. Es sind einige Dinge passiert, die wir klären sollten. Ich habe mich für heute mit Marlies verabredet, hätte aber gegen Abend Zeit. Wenn du es einrichten könntest, komm einfach gegen acht Uhr bei mir zu Hause vorbei. Ich warte auf dich."

Sie hörte Alexander aufatmen, so als habe er unter großer Spannung gestanden. „Ja, Helen. Ich werde um acht Uhr da sein. Ich freue mich dich wieder zu sehen."

„Ich freue mich auch auf dich." Helen beendete das Gespräch. Ihr Herz hüpfte! Sie würde Alexander wiedersehen. Vielleicht würde noch alles gut. Ihr Traum von letzter Nacht fiel ihr ein. Ein gutes Omen?

Als Prinz Alexander den Hörer des Telefons auflegte, atmete er erleichtert auf. Helen war bereit mit ihm zu reden! Er hatte Angst gehabt sie würde ihm die Unterredung verweigern. Wichtig war ihm auf jeden Fall, dass Helen wissen sollte, dass er sie liebte. Wenn sie Hubert Borst mehr liebte, wenn sie mit ihm zusammen sein wollte, musste er das schweren Herzens akzeptieren. Er bedauerte sehr, dass er sich damals im Gespräch mit Helen hatte hinreißen lassen und die Beziehung beendet hatte. Wie sehr hatte er das schon bedauert! Er konnte nur das Beste hoffen. Damit ihm die Zeit bis zum Abend nicht zu lang wurde, fuhr er in die Stadt um sich von dem geschäftigen Treiben von „Drei Tage Deckenbach" ablenken zu lassen. Doch gelang es ihm nicht sich so weit abzulenken, dass er das Treffen mit Helen aus seinem Gedächtnis hätte verbannen können. Er war froh, als es endlich Zeit war um sich mit Helen zu treffen.

Helen hatte einen angenehmen Tag mit Marlies verbracht. Aber ihr war es nicht gelungen die Gedanken an das Gespräch mit Alexander zu vertreiben. Sie war erleichtert, als es Abend wurde, obwohl ihre Aufregung am Höhepunkt angelangt war. Das zeigte ihr nur, wie wichtig ihr das Gespräch mit Alexander war. Ihr Glück und ihre Zukunft hingen davon ab. Kaum war sie um acht Uhr zu Hause klingelte es an der

Tür. Sie meldete sich über die Sprechanlage, es war, wie erwartet Alexander. Sie ließ ihn ein.

Sie stand in der Wohnungstür als Alexander die Treppe hochkam. Ihr Herz schlug schnell, ihr Blut rauschte in den Ohren. Sie hielt sich an der Türklinke fest, weil ein leichter Schwindel sie überfiel. Dann war sie ruhig. Alexander war da. Es sah aus als hätte er abgenommen, sein Gesicht wirkte angespannt. Sie trat zur Seite und führte ihn in ihr Wohnzimmer.

Alexander nahm auf dem Sofa Platz. Er hätte Helen sehr gerne zur Begrüßung in die Arme genommen, aber er hatte sich nicht getraut. Es wäre unpassend gewesen. Er wartete bis sich sein schnell schlagendes Herz beruhigt hatte, dann schaute er Helen an.

„Also, Helen. Erst einmal vielen Dank, dass du dich zu diesem Treffen bereit erklärt hast. Ich bin nur gekommen um dir zu sagen, dass ich als ich unsere Beziehung beendet habe einen großen Fehler gemacht habe. Dass du so sehr verärgert über mich und mein Verhalten warst, kann ich mittlerweile gut verstehen. Ich habe vor kurzer Zeit mit einem Freund über diese Angelegenheit gesprochen, der mir schön den Kopf gewaschen hat. Ja, er hat mir die Augen geöffnet, was mein Verhalten und meine Einstellung betrifft."

Helen war anfangs versucht Alexander zu unterbrechen, unterließ es aber. Es war das Beste ihn das sagen zu lassen, was er zu sagen hatte. Danach hatte sie die Möglichkeit einiges richtig zu stellen.

„Ich kann dir nur sagen, dass ich dich sehr liebe und mit dir für immer zusammen sein möchte." Helen schaute Alexander fassungslos an. Ihr Herz hüpfte vor Freude. Aber sie ließ ihn weiter reden.

„Ich habe mit meinen Eltern darüber gesprochen und ihnen die Pistole auf die Brust gesetzt. Ich habe ihnen klar gemacht, dass sie mich verlieren werden, wenn sie sich weiter gegen unsere Verbindung stellen. Sie haben nichts mehr gegen eine Verbindung zu dir. Sie akzeptieren dich als Schwiegertochter. Wäre nur noch der Punkt, der mich am meisten schmerzt. Wie mir zu Ohren gekommen ist, bist du seit einiger Zeit mit Hubert Borst befreundet. Ich weiß nicht, wie weit deine Liebe zu ihm geht, ich kann nur nochmals betonen, dass ich auf ewig mit dir zusammen sein möchte. Ich liebe dich!"

Helen schwieg für einen Moment. Dann sagte sie: „Lieber Alexander, ich freu mich über deine Eröffnungen. Als Erstes kann ich sagen, dass ich Hubert Borst nicht liebe. Ich bin nie mit ihm zusammen gewesen. Diese Gerüchte hat Hubert selbst in die Welt gesetzt. Ich bin ein paar Mal mit ihm aus gewesen, das ist alles. Er hat diese Lügen in die Welt gesetzt, um uns beide noch mehr auseinander zu bringen. Zusätzlich hat er dir einige üble Frauengeschichten angedichtet, die ich anfangs leider geglaubt habe. Doch hat er gestern in einem Wutausbruch alles gestanden. Er hat sich in seiner Wut verplappert und die Wahrheit ist ihm rausgerutscht. Ich bin froh, dass ihm das passiert ist. Denn so ist die Wahrheit ans Licht gekommen.

Was uns beide betrifft, so muss ich sagen, dass ich dich, als es zu unserer Trennung kam, viel zu sehr unter Druck gesetzt habe. Ich hätte dir wirklich mehr Zeit geben müssen, um die Sachlage mit deinen Eltern zu überdenken. Ich hätte unserer Beziehung mehr Zeit geben müssen, da sie erst am Anfang war. Wie aber zu sehen ist, scheint unsere Liebe zueinander stark genug zu sein, denn sonst wären wir beide in diesem Moment nicht hier zusammen, um uns zu erklären. Ich kann dir nur sagen: Auch ich liebe dich über alle Maßen und möchte mit dir immer zusammenbleiben."

Sie konnten beide nicht mehr an sich halten. Sie fielen sich in die Arme und küssten sich voll Leidenschaft. Als sie sich schwer atmend wieder voneinander gelöst hatten, nahm Prinz Alexander Helens Hände in die seinen, schaute ihr tief in die Augen und sagte: „Meine Liebste. Willst du mich heiraten?“ Helen sank mit weichen Knien in Alexanders Arme und hauchte ihm ihr „Ja, Liebster“ entgegen.

20.

Amelie Bensberg, Helens Mutter, trug den selbstgebackenen Napfkuchen auf. Der Kaffee dampfte in den Tassen. Sie hatte das beste Geschirr aus dem Schrank geholt, hatte sie doch noch nie einen echten Prinzen zu Gast gehabt.

Helens Mutter war ganz aufgeregt gewesen als Helen ihr erzählte, dass sie sich mit Alexander versöhnt hatte und er um ihre Hand angehalten hatte. Helen hatte ihre Mutter über die Ereignisse auf dem Laufenden gehalten. Sie hatten seit jeher ein gutes Verhältnis, gerade die Zeiten ohne den Vater hatten sie zusammengeschweißt. Amelie Bensberg lag das Glück ihrer Tochter sehr am Herzen. Von daher war sie anfangs etwas skeptisch als Helen ihr nahelegte, dass Alexander sie heiraten wolle. Sie hatte Angst, dass er eventuell seine Meinung wieder ändern könne. Als Prinz Alexander sich aber bei ihr vorstellte und offiziell und formvollendet um die Hand ihrer Tochter anhielt, waren alle Zweifel wie weggewischt. Der junge Mann hatte ihr Herz im Sturm erobert. Das war ein Schwiegersohn, wie sie ihn sich vorstellte: Gut aussehend, ausgezeichnete Manieren, höflich, zuvorkommend und intelligent. Und was entscheidend war: In keiner Weise eingebildet.

„Ich hoffe, der Kuchen schmeckt Ihnen, Durchlaucht.“ Amelie Bensberg hatte in irgendeiner Frauenzeitschrift gelesen, dass das die richtige Anrede für Prinzen und Fürsten sei.

„Ich bitte sie, Frau Bensberg. Reden Sie mich bitte mit Alexander an. Wo wir bald miteinander verwandt sind.“

Helen mischte sich ein. „Ich bin dafür, dass ihr zwei euch mit du anredet. Schließlich seid ihr bald Schwiegersohn und Schwiegermutter. Alles andere klingt nur gekünstelt.“

Schwiegersohn und Schwiegermutter in spe hatten nichts dagegen und das Eis war gebrochen.

„Der Kuchen schmeckt übrigens vorzüglich, Amelie", sagte Alexander mit vollem Mund kauend. „du solltest die Kuchen für unsere Hochzeit backen. Ja, genau. Das wünsche ich mir. Selbst gebackenen Kuchen zu meiner Hochzeit. Nicht diese künstlichen Kunstwerke, die voller Konservierungsstoffe und was weiß ich noch sind."

„Tja, die Hochzeit", sagte Amelie Bensberg. „Habt ihr beiden denn schon Pläne, wie sie gestaltet werden soll?"

„Helen möchte die Hochzeit im kleinen Familienkreis abhalten, also nicht so ein großes Tamtam. Ich persönlich hätte nichts gegen eine Hochzeit so mit allen Schikanen, schwarzen Rappen, Hochzeitskutsche, Brautjungfern, also mit allem Drum und Dran. Ich habe aber mit Helen darüber gesprochen, dass ich diese Entscheidung gerne meinen Eltern überlassen möchte. Ich möchte mich mit dieser Geste bei Ihnen bedanken, dass sie sich so einsichtig und vernünftig verhalten haben. Ich weiß zwar, dass das keinen Dank verdient, doch es ist mir ein Bedürfnis. Helen ist damit einverstanden. Wie stehst du dazu, Amelie?"

„Oh", Helens Mutter zeigte sich überrascht über diese Frage. „Das ist eure Angelegenheit. Wenn ihr wollt, dass deine Eltern über die Gestaltung der Hochzeit bestimmen dürfen, dann ist das so in Ordnung. Das Einzige wovor ich mich ängstige, ist, dass ich eventuell nicht standesgemäß bei einer großen Hochzeit auftreten kann. Ich hoffe ich werde als bürgerliche Schwiegermutter akzeptiert."

„Keine Angst. Du wirst meine Eltern und die übrige Verwandtschaft, die übrigens aus nur wenigen Personen besteht, vor der Hochzeit kennenlernen. Ich denke du wirst dich damit abfinden müssen, dass deine Tochter einen Adligen heiratet." Alexander lachte freudig.

Helen lachte mit. Wie schön war es doch, Alexander so gelassen, so befreit zu erleben. Was musste ihm ein Stein vom Herzen gefallen sein, als seine Eltern ihm die Verbindung zu ihr gestatteten. Sie vergaß jedoch nicht, dass Alexander sich diese Einwilligung mit aller Konsequenz erkämpft hatte.

„Übrigens, wo wir schon einmal dabei sind", fuhr Alexander fort, „Meine Eltern laden euch für nächsten Sonntag zum Diner ein. Sie möchten auch dich, Amelie, bald kennenlernen. Helen ist für Mittwochabend eingeladen. Meine Eltern sind gespannt auf ihre Schwiegertochter."

Helen war glücklich. Das hörte sich alles so wunderbar an. Sie freute sich auf ihre Zukunft.

21.

Prinz Alexander war auf dem Weg zu Hubert Borst. Er wohnte in der Romulusstraße. Es war gegen Abend. Er musste ihn zu Rede stellen. Das war er sich und Helen schuldig. Er hatte sich entschieden, von einer Verleumdungsklage abzusehen. So weit wollte er nicht gehen. Doch wollte er von Hubert wissen, was er sich dabei gedacht hatte, als er solche Gerüchte über ihn ins Leben gerufen hatte. Er wollte wissen, was ihn dazu motiviert hatte, wollte sein Verhalten verstehen. Er war bisher mit Hubert immer gut ausgekommen. Gut, nicht dass sie jetzt sehr gute Freunde gewesen wären, aber verband sie bisher kollegiale Wertschätzung.

Er hatte die Wohnung von Hubert erreicht, er klingelte an der Tür, aus der Gegensprechanlage klang Huberts Stimme: „Hallo, wer ist da bitte?"

Alexander antwortete: „Hier ist Alexander, ich muss unbedingt mit dir sprechen."

„Um was geht es denn?"

„Hubert, lass mich einfach herein und du wirst es erfahren."

„Ich habe jetzt aber leider keine Zeit. Geht es denn nicht ein anderes Mal." Der Widerwille in Huberts Stimme war nicht zu überhören.

„Hubert pass auf. Ich will mit dir über Helen und mich sprechen. Du wirst ahnen können, um was es geht. Ich verspreche dir, ich werde dir keine Szene machen, wenn du mich hereinlässt. Solltest du aber meinen, du kannst mich hier unten stehen lassen, dann hast du ehe du dich versiehst eine Verleumdungsklage am Hals."

Der Türsummer ertönte und Alexander konnte die Tür öffnen. Na also dachte er. Er ging die Treppe nach oben. Im zweiten Stock stand Hubert vor einer geöffneten Tür und sah Alexander ängstlich an. „Dann komm herein und nimm Platz."

Er führte Alexander in ein kleines Wohnzimmer, dem man den Junggesellencharakter ansah. Alexander setzte sich auf einen Sessel, der gegenüber einem großen Fernseher stand. Hubert setzte sich auf einen Sessel rechts neben ihm. „Dann leg los. Ich kann mir denken, was kommt. Wenigstens habe ich da so eine Ahnung. Wahrscheinlich hat Helen mit dir gesprochen. Es kann nicht anders sein. Du hast mich noch nie hier aufgesucht, also muss es etwas Wichtiges sein."

„Ja", sagte Alexander. „Helen hat mit mir gesprochen. Aber das geschah erst, nachdem ich sie um eine Unterredung gebeten habe. Erst da hat sie mir so einige Sachen die du von dir gegeben hast, eröffnet. Wie kommst du dazu, zu erzählen ich hätte verschiedene Frauengeschichten gehabt, bei denen die Frauen die Betrogenen gewesen wären? Dann hast du noch etwas von einer erzwungenen Abtreibung erzählt. Kannst du mir vielleicht sagen, wieso du solche Märchen von dir gegeben hast? Dann hast du mir erzählt Helen und du würdet zusammen sein. Auch alles erlogen. Gibt es dazu eine vernünftige Erklärung? Ich höre!" Alexander beugte sich interessiert vor. Seine Erregung konnte er im Zaume halten.

Hubert begann stockend zu erklären: „Ich weiß, dass es unverzeihlich war, solche Geschichten zu erzählen. Der einzige Grund, den ich nennen kann, ist der, dass ich mich unsterblich in Helen verliebt habe. Da ich aber gemerkt hatte, dass sie dich nicht vergessen konnte, habe ich versucht, dich zu verunglimpfen. Ich hoffte, wenn ich dich schlecht machen würde, könnte Helen dich leichter vergessen und endlich fallen lassen. Dir habe ich erzählt, Helen und ich seien zusammen, in der Hoffnung, dass es für dich aus diesem Grund kein zurück mehr geben könnte. Ich hatte mir gewünscht, ich könnte Helen für mich gewinnen. Das ist alles, was ich zu meiner Entschuldigung sagen kann. Ich hoffe, ihr könnt mir verzeihen."

„Was dich ehrt", sagte Alexander, „ist, dass du ohne Umschweife die Wahrheit gesagt hast. Darum will ich dir verzeihen. Ich will keinen Groll gegen dich hegen. Wir werden im Studium noch genug miteinander zu tun haben. Ich denke da ist es am Besten, wenn man solche Dinge ausräumt und vernünftig von vorne beginnt. Ich will das tun. Wie das mit Helen aussieht, musst du später irgendwann mit ihr selber klären. Ihr werdet euch früher oder später wieder unter die Augen kommen. Für mich soll die Angelegenheit jedenfalls geklärt sein. Hand drauf!"

Er reichte Hubert die Hand. Der wusste nicht, wie ihm geschah. Er hatte mit viel mehr Vorwürfen seitens Alexanders gerechnet. Er ergriff Alexanders Hand und sagte: „Ich danke dir. Ich weiß, dass ich mich unverzeihlich verhalten habe. Deine Großmut beschämt mich. Ich wollte wir könnten Freunde sein."

„An mir soll es nicht liegen. Es liegt an dir, wie du mir und Helen weiterhin begegnest. Es ist alles offen. Bis zu diesem Eklat bist du mir als ein angenehmer Zeitgenosse begegnet. Warum sollte das also nicht wieder so sein. Aber das wird die Zukunft zeigen."

Alexander erhob sich und verließ die Wohnung von Hubert Borst mit einem kurzen Gruß der Hand.

22.

Es war Mittwochabend. Prinz Alexander war vor wenigen Minuten bei Helen zu Hause erschienen, um sie abzuholen. Helen sollte heute die Eltern von Alexander kennenlernen. Sie war sehr aufgeregt.

„Ich bin ziemlich nervös, Alexander. Ich weiß nicht, wie ich mich deinen Eltern gegenüber verhalten soll. Wie muss ich sie anreden? Mit Eure Durchlaucht? Hoffentlich mache ich keine Fehler beim Essen. Ich weiß nicht, wie ich mich in euren Kreisen verhalten soll."

„Also, Helen, das hatten wir schon alles besprochen. du verhältst dich ganz normal. Wir werden beide nichts auf die Etikette geben. Wir werden uns nicht so verhalten wie das meine Eltern eventuell erwarten. Das war klar zwischen uns."

„Für dich ist das einfach Alexander. Es sind deine Eltern, es ist deine gewohnte Umgebung. Du wirst dich automatisch richtig verhalten. Du kennst es nicht anders. Tut mir leid, Alexander. Ich glaube ich schaffe das nicht. Ich werde immer nervöser. Es sträubt sich alles in mir, zu diesem Essen zu gehen. Mir is richtig schlecht. Ich glaube ich muss mich übergeben!"

Mit diesen Worten stürzte sie ins Bad. Alexander blieb hilflos auf dem Sofa sitzen. Er wusste nicht, wie ihm geschah. Was passierte denn jetzt? Was war nur mit Helen los? So kannte er sie nicht. Er hatte sie bisher als sehr selbstbewusste junge Frau kennengelernt, jetzt aber kam sie ihm vor wie ein kleines verängstigtes Mädchen.

Helen kam aus dem Bad. Sie war leichenblass. „Alexander, tut mir leid", sagte sie. „Ich musste mich gerade übergeben. Mir ist dermaßen schlecht. Ich muss mich hinlegen. Ich kann dich nicht zu deinen Eltern begleiten. Ich verstehe es selbst nicht, dass mich das so mitnimmt. Ich muss das Kennenlernen deiner Eltern verschieben. Da ist nichts zu machen."

Alexander konnte sehen, dass es Helen tatsächlich schlecht ging. „Gut", sagte er, „dann werde ich meinen Eltern telefonisch absagen. Ich bleibe bei dir. Ich lass dich jetzt nicht allein. Meine Eltern werden Verständnis haben. So etwas kann vorkommen."

„Gut, dann ruf sie an. Sage ihnen, dass es mir sehr leidtut und ich untröstlich sei."

Das war sie tatsächlich. Helen konnte ihre plötzliche körperliche Reaktion auf das geplante Essen nicht verstehen. Was war es, was sich in ihr so dagegen sträubte? Waren es Alexanders Eltern? Die kannte sie nicht mal.

Alexander hatte seine Eltern telefonisch erreicht und ihnen abgesagt. Sie hatten Verständnis gezeigt. Nun saßen Helen und er auf dem Sofa. Die Stimmung zwischen ihnen war angespannt. Helen begann zu reden: „Alexander, ich weiß nicht, was in mich gefahren ist. Ich glaube ich habe einfach Angst vor deinen Eltern. Ich habe Angst, dass sie mich ablehnen könnten."

Alexander schaute missmutig. „Ich dachte, jetzt wäre endlich alles im Lot, aber schon haben wir die nächsten Probleme."

„Ach, Alexander. Versuch bitte mich zu verstehen mach es nicht so kompliziert."

„Ich mache es nicht kompliziert. Wenn es jemand kompliziert macht, bist du es. Wie geht es dir denn überhaupt. Ist dir immer noch schlecht?"

Alexander fand es am Besten, das Thema zu wechseln. So kamen sie nicht weiter.

„Mir geht es etwas besser. Aber mir ist immer noch schlecht. Ich glaube ich lege mich gleich ins Bett."

„Ist in Ordnung. Ich fahre dann gleich nach Hause. Ich würde gerne mit meinen Eltern reden. Ich würde gern deine Ängste die du ihnen gegenüber hast, erwähnen. Bist du da mit einverstanden?"

„Ja, bin ich. Vielleicht haben sie Verständnis. Wäre eine Hilfe für mich."

„Das wird schon, Helen. Glaub an uns!"

23.

Alexander war auf dem Weg nach Hause. Es war wirklich am Besten mit seinen Eltern zu sprechen. Vielleicht hatten sie einen Rat, wie man Helen die Angst nehmen konnte. Als er im Schloss ankam, waren seine Eltern noch im Speisezimmer. Sie hatten gerade zu Ende gegessen. Er begrüßte sie kurz und ließ sich dann von einem der Diener noch etwas zu essen auftragen. „Wie geht es Helen denn?", wollte seine Mutter wissen.

„Es geht ihr wieder gut. Sie hat sich aber hingelegt. Ich denke Morgen wird alles überstanden sein. Helen hat nur Angst davor ihr könntet sie nicht akzeptieren. Sie hat Angst ihr würdet sie nicht annehmen können. Was meint ihr denn dazu?"

Da ließ sich der Fürst vernehmen: „Du hast ihr aber wohl keine Vorhaltungen gemacht?"

„Nein, natürlich nicht."

„Da hast du gut daran getan. Ich denke wir sollten möglichst kein großes Problem darin sehen. Ich denke, dass Helen das alles viel zu schnell geht. Mein Vorschlag wäre einfach, dass deine Mutter einfach mal bei Helen unverbindlich vorbeischaut und mit ihr von Frau zu Frau spricht. Vielleicht fasst Helen Vertrauen zu deiner Mutter und sie kann etwas von ihrer Angst verlieren. Was meinst du denn dazu, Liliane?"

Die Fürstin zog die Stirn leicht in Falten, nickte kurz mit dem Kopf. „Ja, warum nicht. Vielleicht wirklich eine gute Idee. Eine Kontaktaufnahme auf, für Helen sozusagen, heimischem Gebiet ist nicht schlecht. Wir probieren das einfach. Ich werde sie morgen Vormittag besuchen."

Alexander war erleichtert. „Euer Vorschlag freut mich sehr. Ich finde es schön, dass ihr mich mit diesem Problem nicht alleine lasst. Vielleicht fühlt sich Helen dadurch mehr mit einbezogen und fühlt sich zur Familie gehörig. Würde mich freuen. Das Andere was ich noch ansprechen wollte ist die Ausrichtung der Hochzeit. Das wollten Helen und ich Euch überlassen."

Das war das Thema für die Fürstin. „Oh, Alexander, dass freut uns, dass ihr das uns überlassen wollt. Dein Vater und ich haben miteinander darüber gesprochen. Wir wollten gerne, dass in der Kirche in Deckenbach geheiratet wird und dass die anschließende Feier bei uns auf dem Schloss stattfindet."

„Ich glaube, das wird Helen gefallen. Sie ist hier in Deckenbach geboren, wurde in der Kirche getauft und konfirmiert."

Am nächsten Morgen klingelte es an Helens Tür. Sie war schon einige Zeit wach. Sie hatte sich für den heutigen Tag krankgemeldet. Wer konnte das denn sein? Vielleicht Alexander, der nach ihr schauen wollte? Als sie die Tür öffnete, stand eine fremde Frau vor der Tür. „Hallo", sagte sie. „Ich bin Liliane zu Thalburg. Ich dachte, ich schau einfach mal vorbei, um zu sehen, wie es dir geht. Wir sind davon ausgegangen, dass du heute der Arbeit fernbleibst. Darf ich denn hereinkommen? Wie geht es dir?"

Helen war ganz verwirrt. „Oh, Durchlaucht. Bitte kommen Sie herein."

„Bitte keine Förmlichkeiten. Für dich bin ich Liliane. Immerhin bin ich deine Schwiegermutter oder soll es immerhin werden. Wir bleiben mal schön beim du." Helen führte Liliane zu Thalburg in ihr Wohnzimmer, die in ihrem Sofa Platz nahm. Helen bot der Fürstin einen Kaffee an, die ihn dankend annahm. Dann saßen sich die beiden Frauen gegenüber. Die Fürstin ergriff das Wort: „Wir hatten uns etwas Sorgen wegen deiner gestrigen Unpässlichkeit gemacht, obwohl Alexander meinte, es würde dir besser gehen. Ich dachte es sei eine gute Gelegenheit dich alleine kennenzulernen. So von Frau zu Frau. Der erste Eindruck von dir ist schon einmal ein positiver. Ich möchte mich für das Verhalten meines Mannes und mir im Vorfeld der Ereignisse entschuldigen. Es tut uns wirklich leid, dass wir so von Vorurteilen beladen waren. Das soll nicht wieder vorkommen."

Helen war total perplex über die Herzlichkeit von Fürstin Liane. Ihre Offenheit nahm sie gänzlich für sie ein.

„Was ich dir noch mitteilen wollte, ist, wie mein Mann und ich uns eure Hochzeit vorstellen. Übrigens vielen Dank, dass ihr uns diese Entscheidung überlassen habt. Wir dachten, dass Alexander und du in der Kirche in Deckenbach heiratet, die anschließende Feier würde im Schloss Thalburg stattfinden. Was hältst du davon?"

Helen war freudig überrascht. Hatte sie insgeheim befürchtet, dass Alexanders Eltern eventuell eine Kirche in Frankfurt aussuchen würden. „Das freut mich sehr. Ich bin dort getauft und konfirmiert worden."

„Ja, Alexander sagte es. Schön, dass wir zufällig eine Wahl getroffen haben, die dir entgegen kommt. Wenn es aber wegen der Hochzeitsdurchführung irgendwelche Unstimmigkeiten gegeben hätte, hätten wir darüber reden können. Umso schöner das es keine Probleme gibt. Wie sieht es denn aus? Könntest du denn heute Abend zu uns zum Essen kommen. Mein Mann würde dich gern kennenlernen. Wenn es dir besser geht ..."

„Ja, mir geht es mittlerweile wirklich besser. Ich werde gerne heute Abend kommen."

„Das ist schön", sagte die Gräfin. „Wie wär's. Hättest du vielleicht Lust mir deine nette, adrette Wohnung zeigen?"

Nachdem die Fürstin gegangen war, war es Helen richtig leicht ums Herz. Sie sah ein, dass sie ihren Vorurteilen erlegen war, was die adlige Abstammung von Alexanders Eltern betraf. Die Fürstin war eine sehr nette Frau. Wenn Fürst Robert zu Thalburg ähnlich war wie seine Frau, brauchte Helen keine Bedenken zu haben, was ihre Schwiegereltern betraf. Sie hatte sich nur von ihrer irrationalen Angst blenden lassen. Sie hatte sich schon immer eine Traumhochzeit gewünscht. Es sollte der schönste Tag in ihrem Leben werden. Und nun sollte ihr Traum in Erfüllung gehen.

Sie rief Alexander auf seinem Handy an. „Stell dir vor, Alexander. Deine Mutter hat mich eben besucht. Wir haben nett geplaudert. Wir haben über die Hochzeit gesprochen. Deine Eltern wollen, dass wir in Deckenbach in der Kirche heiraten. Da freue ich mich sehr drüber. Kannst du deinen Eltern ruhig schon sagen. Sie haben mich heute Abend zum Essen eingeladen. Kannst du mich abholen?"

„Natürlich, mein Schatz. Um neunzehn Uhr hole ich dich ab." Als Alexander auflegte, lächelte er erleichtert. Er hatte aber noch etwas zu tun. Er musste noch in die Innenstadt und etwas abholen. Eine Überraschung.

24.

Alexander hatte Helen pünktlich abgeholt und seinem Vater vorgestellt. Helen war weniger befangen, als sie selbst erwartet hatte. Da sie die Fürstin schon kannte und als eine nette Frau kennengelernt hatte, trat sie dem Fürsten gegenüber unbefangener auf. Dieser begrüßte Helen freundlich lächelnd. „Ich freue mich, liebe Helen, dich auf Schloss Thalburg begrüßen zu können. Als Erstes möchte ich mich für unsere Vorbehalte dir gegenüber entschuldigen. Das war dumm und arrogant. Glücklicherweise hat uns unser Sohn eines Besseren belehren können. Ich bin ihm dankbar dafür. Ich hoffe du hast uns gegenüber keine Ressentiments und kannst uns verzeihen. Ich würde mich sehr darüber freuen."

„Ja, es ist alles vergeben. Wir sind alle nur Menschen und jeder hat seine Vorurteile. Ich habe sie auch gehabt. Die Hauptsache ist, dass alles ein gutes Ende nimmt", antwortete Helen unbefangen.

Fürst Robert zu Thalburg war sehr beeindruckt von seiner zukünftigen Schwiegertochter. Ihm gefiel diese sensible, intelligente junge Frau. Was für ein Glück sein Sohn doch hatte. Gut, dass seine Frau und er ein Einsehen gehabt hatten. Er konnte jetzt erst richtig erkennen, wie borniert sein Verhalten seinem Sohn und seiner Schwiegertochter gegenüber gewesen war.

Helen gefiel ihr Schwiegervater. Er war offen, nett und galant. Helen fühlte sich von ihm respektiert und angenommen. Das ihre Schwiegereltern zuvor so gegen sie eingestellt gewesen waren, störte sie nicht mehr und war nicht nur aus Höflichkeit dahingesagt. Ihre Verletzung darüber war verheilt. Ihnen war es wohl wie allen Eltern gegangen. Alle wollten sie nur das Beste für ihre Kinder und begingen dadurch leider gerade Fehler. Ihre Mutter fiel ihr ein. „Schade", sagte sie, „dass meine Mutter heute Abend nicht bei uns ist. Es hätte mir gefallen, wenn sie Euch heute kennengelernt hätte."

Der Fürst und die Fürstin schauten sich an. „Kein Problem", sagte der Fürst. „Ruf sie bitte an und sage ihr, dass sie abgeholt wird. Max, unser Chauffeur, wird sie abholen. Wir werden einfach ein Gedeck mehr auflegen."

„Oh, ja? Das ist schön. Das freut mich. Auch meiner Mutter, glaube ich, werden wir damit eine große Freude machen."

Helen rief ihre Mutter an, um ihr Bescheid zu geben. Max bekam seine Order und eine Viertelstunde später fand sich Helens Mutter ein. Helen erlebte ihre Mutter sehr unbefangen und freute sich, dass sich ihre Schwiegereltern und ihre Mutter, wie es aussah, gut verstanden.

Sie war ihrer Mutter sehr dankbar. Sie hatte immer alles was in ihrer Macht stand für ihre Tochter getan. Nach dem

Tod von Helens Vater war ihr beider Leben nicht gerade auf Rosen gebettet gewesen. Doch ihre Mutter hatte es geschafft Helen auf eine weiterführende Schule zu schicken und es Helen ermöglicht, die gewünschte Ausbildung machen zu können. Das Leid beider durch den Tod des Ehemannes und Vaters hatte sie zusammengeschweißt, da durfte ihre Mutter an dem heutigen Abend nicht fehlen. Dieser Abend gehörte ihr genauso, wie er Helen gehörte.

Kurz nach Ankunft von Helens Mutter wurde das Essen aufgetragen, dass sich alle munden ließen. Danach saßen alle gemütlich bei einem Glas Wein im Salon zusammen. Sie sprachen über die geplante Hochzeit. Alle waren freudig erregt und die Worte flogen kreuz und quer.

Alexander war überglücklich, seine Eltern und Helen mit ihrer Mutter, vereint an einem Tisch sitzen zu sehen. Auch Helen strahlte. Sie fühlte sich glücklich in dieser Runde. Sie war froh, dass sich alles zum Guten gewendet hatte.

Alexander klopfte leicht an sein Weinglas. Das war der geeignete Moment. Alle schauten auf. „Ich möchte ein paar Worte sagen. Nicht viel, doch sagen sie, wie mir zumute ist. Ich bin sehr froh, dass wir hier zusammensitzen. Es freut mich sehr, dass sich alles zum Positiven gewendet hat. Ich glaube wir haben alle voneinander gelernt. Und wir sind uns alle näher gekommen. Ich bin sehr glücklich!“ Und zu Helen gewandt sprach er: „Helen, gib mir bitte deine linke Hand. Ich habe etwas für Dich.“ Er griff in seine rechte Jackentasche und zog einen golden glänzenden Ring hervor, steckte ihn an Helens linken Ringfinger, küsste sie zärtlich und sagte: „Mit diesem Verlobungsring möchte ich mein Heiratsversprechen bekräftigen. Wir werden uns nie wieder trennen.“ Helen strahlte, sie glaubte ihr Herz müsse zerspringen. Alexander nahm sie in seine Arme und sie küssten sich innig.

Bisher bei Novo-Books erschienen

Terra-Utopia
Science-Fiction

1	Wolfgang Sternbeck	Expedition in die Vergangenheit
2	W. A. Hary	Flucht ins Ungewisse
3	Michael Abtahams	Die Seuche aus dem All
4	Will. A. Travers	Erben der Menschheit
5	Wilfried Hary	Brennpunkt Candor
6	Wilfried Hary	Hundert Jahre Frist
7	Steffen Kremser	Der Tevandian-Feldzug

Missouri
Western

1	Hal Warner	Montain Jack
2	Mara Laue	Woman Chief
3	Frank Callahan	Treck der verlorenen Seelen
4	Stan Costner	Die beiden Lords
5	Will Harris	Chester Cole´s Rückkehr
6	Wolf G. Star	Nur ein Kopfgeldjäger
7	H. W. Yuma	Bis zum letzten Mann

Horrorkabinett
Horror – Grusel – Mystery

1	Michael Abtahams	Purgatory
2	Terence Brown	Labyrinth der verlorenen Seelen
3	Terence Brown	Der Herr der Träume
4	Terence Brown	Lockruf der Dämonen
5	Terence Brown	Die Höllenknechte
6	Damian Woolfe	Judge Midnight
7	Terence Brown	Die Hexe aus dem Moor

Sabrina

Liebes- und Schicksalsromane

1	Hilde Braunsfeld	Du schaffst das, Angelika
2	Simone Scheffer	Wann kommt das Glück auch zu mir?
3	Elfriede Schilling	Liebe bis in den Tod
4	Simone Scheffer	Wenn Herzen zueinander finden
5	Hilde Braunsfeld	Liebeswirren am Donaustrand
6	Simone Scheffer	Das Mädchen vom Moor
7	Rainer Güllich	Lebe trotz Hindernissen

Printed in Poland
by Amazon Fulfillment
Poland Sp. z o.o., Wrocław

33425691R00057